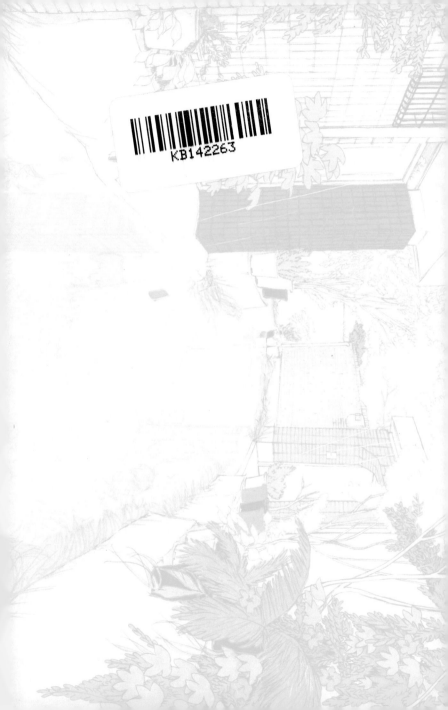

KB142263

함부로 설레는 마음

함부로
설레는 마음

이정현 에세이

시드앤피드

PART 2 ——————————— 추억에 설레다

PART 3 ———————— 사랑에 설레다

PART 4 ——————— 사람에 설레다

하나가 지나가기도 전에 다음이 오는 게 계절인데
왜 지나간 계절마저 쉽게 놓아주지 못하는 걸까.

지금이라는
계절

저는 여름을 기다리는 사람이 아니에요. 살집이 많지 않아서 짧은 소매 입기를 좋아하지 않고, 몸에는 열이 많아 더운 날씨는 더욱이 견딜 수 없어 합니다. 습한 날씨에 끈적이는 기분은 또 어떻고요. 여름이 오지 않았으면, 하고 생각했던 날도 있을 거예요.

장마가 찾아든 요 며칠, 비가 와서 젖은 땅이 마를 일 없이 축축하기만 해요. 습한 날씨에 걷는 것은 좋아하지 않아서 요즘은 일을 마친 후에는 집에서 시간을 보내고 있어요.

너무 얇지 않은 이불을 덮고 에어컨을 켜고, 좋아하는 음악과 빗소리를 들으면서 생각해요. '여름이구나.' 기다리지 않았던 계절에도 행복은 어김없이 찾아들더라고요. 후텁지근한 여름에 선선한 바람을 찾듯, 춥기만 한 겨울에 따스한 온기를 찾듯, 우리는 삶 속에서 행복을 찾아가면서 사는 거구나 했어요.

봄도 여름도 가을도 겨울도,

어떤 계절이어서가 아니라

우리의 '지금'이라는 것만으로

아름답고 행복한 계절이 되는 게 아닐까요.

우리의 지금이어서

충분히 아름다운 시간입니다.

손

걷기 좋은 계절이라는 이유로 손을 몇 번 더 잡았다.

손가락과 손톱의 경계를 드나들다가
손톱으로 손금 골목을 따라 걷다가.

애인아, 오늘은 네 손에 이름을 지어줄까.
사랑이나 안식처 혹은 핑계나 눈가리개.

약손에 배가 낫는 것은 믿기 나름인데,
순진하기에는 생각만으로 되는 것이 적고
무구하기에는 지지 않는 때가 많아.

우리가 깍지를 끼게 된다면
더는 헤매는 손가락이 없을 텐데.

잡았다가 놓았다가,
놓았다가 잡았다가.

그러다 내가 들어설 손가락 사이마다
삶에 부르튼 입술을 맞추어둔다.

사 랑 한 다 . 사 랑 한 다 .
사 랑 한 다 . 사 랑 한 다 .

간격

당신에게 나는
얼마나 허락되었는지 궁금하다.

사람들은 저마다 간격을 가지고 살아간다.
함께 살아가는 이에게
각각의 거리를 허락하면서 살아간다.

붙어 있는 두 개의 의자를 보고 생각했다.
딱 저만큼의 거리,
살과 살이 닿아도
이상하지 않을 만큼의 간격.
무심코 팔이 스쳐도
어색하지 않을 사이.

당신의 숨이 닿을지도 모르는

그 거리 안에서

살 아 가 고 싶 다 는 생 각 을 한 다.

결핍

나는 사랑이 부족한 사람이다.

어릴 적부터 그랬던 것 같다. 아마 아주 어렸을 때인지도 모른다. 그때부터 나는 사랑받기 위해서 살았다. 사람 속에서 사람 냄새를 찾고, 살을 맞대 부대꼈을 때 전해지는 온도에 살았다.

술을 못하는 편은 아니지만 아주 취하면 옆에 있는 사람을 깨무는 버릇이 있다. 술을 마신다고 해서 매번 그만큼 취하는 것도 아니었고, 내게 술버릇이 있다는 것도 인정하기가 싫어서 최근에서야 내게 그런 주사가 있다는 것을 받아들이게 됐다. 깨물리는 사람은 내가 되기도 하고 주변의 누군가가 되기도 한다. 보통은 상대의 의사를 묻고, 허락을 해주지 않는다면 조용히 나 자신을 깨물고 있다. 어깻죽지나 팔, 손등 같은 곳들. 기회가 된다면 입술을 물고 있는 것도 좋아한다.

"야, 깨무는 주사가 있는 사람은 애정결핍이 있는 거래."

나에게 팔을 물린 친구 하나가 했던 말이다. 턱 근육에 힘이 쭉 빠질 만큼 기분이 이상해졌던 기억이 난다. 외로움에 취약하고 사랑받고 싶어 하는 사람인 건 맞지만, '애정결핍'이라는 단어는 마치 의사가 통보하는 병명처럼 다가왔다. 치료해서 나아야만 하는, 나를 해치는 무엇이라는 말처럼 들렸다.

하나의 병명이 되어 문득 나에게 찾아온 그 밉살스런 단어를 껴안고 한동안 주변을 둘러보게 됐다. 그러면서 주변 사람들이 가지고 살아가는 결핍을 하나씩 알게 됐다. 누구나 부족한 부분을 가지고 살고 있었다. 또 전혀 부족해 보이지 않는데도 제 기준에 맞지 않아 결핍에 허덕이며 사는 사람도 있었다.

'결핍'은 짐승 같은 단어라고 생각한다. 부족하다는 걸 인정하고 곁에 두며 보살피면 나와 함께 살아가는 반려동물이 될 수 있지만, 부정하고 외면하다가는 불어난 몸집에 잡아먹혀버릴 수도 있다.

부족한 것이 없는 사람은 없다. 단지 결핍을 보살필 줄 아는 사람과 보살피지 못하는 사람이 있을 뿐이다. 부족한 것이 부끄러운 게 아니라, 그걸 인정하지 못하는 게 부끄러운 일이다. '결핍'을 '내게 없는 것'이 아니라 '내가 가지고 있는 것'이라 생각하기로 했다. 그 후로 나는 사랑이 부족한 사람이라 말할 수 있게 됐고, 조금은 늦은 나이에 주사를 인정하게 됐다.

어떤 결핍은 우리를 살게 하기도 한다.

부족하다는 걸 인정하고 곁에 두며 보살피면 나와 함께 살아가는
반려동물이 될 수 있지만, 부정하고 외면하다가는
불어난 몸집에 잡아먹혀버릴 수도 있다.

그래서
그랬다

안긴 자와 내쳐진 자의 기분을 함께
느껴보고 싶으면 팔짱을 끼라고 했다.

입으로만 숨을 쉬면 살기 위한 숨에는
향기가 없다는 걸 안다고 했다.

한쪽 이어폰을 빼고 노래를 들으면
세상이 덜 외로울 거라 했다.

왜 살아가는지가 궁금하면
입술을 맞춰보라고 했다.

그 래 서   그 랬 다.

왜 살아가는지가 궁금하면 입술을 맞춰보라고 했다.

신호

신호등의 초록불은
빨간불로 바뀌기 전에 어서 건너라고
요란하게도 깜빡인다.

그런데 왜 빨간불은
초록불로 바뀌기 전에 알려주지 않는 걸까.

나는 그 앞에 서서
아무것도 모르고 기다려야만 하잖아.

저기 그러니까 말이야,
지금 내 앞에 신호등이 하나 있어서 말인데.

저 신호등이 초록불이 되기 전에

너에게서 답장이 온다면,

네가 나에게 마음이 있는 거라고 생각해도 될까.

나 는 건 너 갈

　　　준 비 가 된 것 같 거 든 .

헝클어지다

어젯밤 잠을 설쳤다며
내게 기대는 당신을 보고 생각합니다.

조용한 방 침대에서는
그렇게 잠들지 못하고는
(이거 봐. 정말 잠들었다)
이렇게나 산만한 곳에서
내 좁은 어깨에 기대 잠들어버리면
꼭 내가 뭐라도 된 것만 같잖아요.

앞으로도 나는 당신에게
어깨에 기대 잠들 수 있는
사람이고 싶습니다.

이런 날은 당신이 내리는 정류장에서
덜컥 따라 내리고 싶어져요.

오늘 당신과
헝클어져도 될까요.

여름

산책

당신은 알까.

함께 걷자는 말은 사실 손을 잡고 싶다는 말이란 걸.
여름밤 공기에는 유독 달콤한 말들이 산다는 걸.

서로 걸음을 맞추느라 대화가 서툴러지면,
내가 가진 낱말을 모두 꺼내 당신에게 보여줄까.
어떤 단어에 얼마나 웃는지 하나씩 골라 건네볼까.

아니면 그냥 손을 잡고 덜컥 사랑한다고 말할까.

그렇게

느긋하되 게으르지 않게.
바쁘되 산만하지 않게.
자유롭되 흐트러지지 않게.

무작정
살아간다는 것

창으로 드는 해에 붉은빛이 섞이면 밖으로 나와 무작정 걷고 싶어집니다. 나는 무작정이란 말이 참 좋습니다. 작정된 삶이 어디 있을까요. 사람들은 노을을 따라 걷는 것을 좋아하지만 나는 노을을 담아내는 세상이 노을만큼이나 좋습니다.

노을을 따라 쉴 새 없이 걷다가 한숨 돌리고 세상을 바라본 적이 있으신가요. 종일 꼿꼿하게 서 있던 건물이 그림자를 뉘어놓고 옆의 건물들과 함께 기대 있는 모습을 본 적이 있으신가요. 오늘도 잘살았다, 붉게 오른 벅찬 표정의 건물을 본 적이 있으신가요.

이참에 걸음을 돌리고 삶을 걷습니다. 해가 넘어가고 능선에 붉은빛 대신 검보랏빛이 차분하게 내려앉습니다. 가장 먼저 간판 불이 켜집니다. 다음으로 자동차의 라이트가 들어옵니다. 가로등은 항상 마지막에 켜집니다. 마음 급한 순서인가 봅니다. 이렇듯 노을을 보내고 난 세상은 저마다 밤을 견딜 준비를 합니다.

　나는 앞으로도 작정하고 삶을 무작정 살아볼 생각입니다. 걷다가 숨이 차고 해가 지는 곳에서 빛나볼 생각입니다. 밤은 기어코 오겠지만 나는 내가 가진 빛으로 그 밤을 견뎌볼 작정입니다. 노을만 좇기에는 삶에 아름다운 것들이 너무나도 많습니다.

사람과 사람이
기댄다는 건

당신은 누군가에게 기대본 적이 있으신가요.
기댈 곳이 되려거든 무릇 기댈 줄도 알아야 해요.

어떤 온도에서 안아줘야 할지,
어떤 떨림에 등을 토닥여야 할지
알아야 하거든요.

누군가에게 힘이 되고 싶다면
굳은 채로 서 있지만 말고,
당신이 기대고 싶었던 곳에
한 발짝 먼저 가서 안아주세요.

딱딱한 벽보다는
부드럽게 감싸 안아주는 외투가 되어달란 말이에요.
사람과 사람이 기댄다는 건 그런 거니까요.

그러니 누군가에게 힘이 되려는 당신,
부디 당신도 따 스 하 시 길 .

존재에 대한
감사

자주 울고 싶더라도 가끔은 웃자.
행복을 강요하려는 게 아니야.

다만 우리 어떻게든 살고 있잖니.
네가 내 옆에 있듯, 나도 네 곁에 살게.

우리가 즐거울 때만 웃는 게 아니듯
힘들고 지쳤을 때만 쉬어야 하는 것도 아니잖니.

무엇을 하지 않더라도 하루는 시간으로 채워지고
슬프고 우울하기만 하던 밤도 저문다.

무엇으로서의 네가 아니라, 너의 있음을 사랑해.
너의 살아 있음을 응원해. 있어줘서 고마워.

다

| 잘될 거야

대구에서 지낼 때는 버스를 자주 타고 다녔다. 물론 대구에도 두 개의 지하철 노선이 있지만(지금은 세 개가 됐다), 나는 몇 안 되는 지하철 노선의 덕을 보지 못하는 곳에 살고 있었다. 4년에 가까운 시간 동안 그곳에 살면서도 지하철을 타본 기억은 한 손으로도 꼽을 수 있을 정도였으니. 그래도 '동성로'라는 이름의 시내 중심가까지는 버스를 타고서도 그다지 멀지 않은 거리였고, 집 주변에도 조촐히 술을 마시기에 적당한 곳이 몇 군데 있어 불편하다는 생각은 해본 적이 없었다.

버스를 타려면 집에서 나와 잠깐 걸어야 했는데, 별다른 생각 않고 걷다 보면 도착할 만한 짧은 거리였다. 큼직한 도로로 나오기 전 항상 '프라임 마트'라는 모퉁이의 슈퍼마켓을 지나가야 했는데 나는 그 마트가 못마땅한 날이 많았다. 별 생각 없이 길을 걷다가도 그 마트만 보면 한참을 지나 버스를 기다릴 때나, 버스를 타고 나서까지도 생각에 잠기게 됐다.

마트에 걸린 현수막에 커다랗게 쓰인 "좋은 하루 보내세요."
그 옆에는 "걱정 마, 다 잘될 거야."

과자 회사의 광고 문구로 부족한지 구태여 현수막을 하나 더 걸
어놓았다. 그래, '좋은 하루'까지는 좋다. 걱정 말라니, 다 잘될 거
라니. 내가 어떤 걱정을 하며 살고 있는지도 모르고 무엇을 하는
지도 모르면서 다 잘될 거라니.

'웃기는 소리. 당신이 내 하루를 어떻게 알고.'
이렇게 코웃음을 치며 버스에 타 손잡이에 비스듬히 몸을 기대
고 창밖을 보고 있자면, 그 마트의 도를 넘은 오지랖에 향할 곳 모
르는 심술이 나기도 했다. 또 몇 번은 전혀 관계없는 곳에서 그곳

의 현수막을 떠올리기도 했다. 나의 한 시절이 담긴 곳. 자주 같은 길을 지나 버스를 타고 여러 걱정과 고민을 안고 살았다. 사족이라 생각하던 그 낡은 현수막의 문구를 몇 해가 지난 지금까지도 떠올리곤 한다.

총기가 깃든 사람의 표정은 마음에 오래 남아 굽은 어깨를 펴고 엉거주춤한 자세를 고쳐 앉게 한다. 돌처럼 굳은 목을 당기고 기지개를 펴게 하기도 한다. 사람을 살고 싶게 한다. 반짝거리는 말도 그렇다.

마음에 들어차 오래 나가지 않는 말에 심술이 나기도 했지만 그 말들이 나를 살게 할 때도 있었다. 그래, 잘될 거라고. 어디 한번 해보자고.

여전히 속내조차 알 수 없는 근거 없는 위로나 응원의 말을 좋아하지는 않지만 그 덕에 이런 생각도 해본다. 다가올 안 좋은 일을 걱정하면서 나를 갉아먹기보다는 다가올 좋은 일에 두근거리며 나를 채우는 게 낫지 않은가, 하고.

'걱정 마, 다 잘될 거야.'
미소가 지어지면서도 인중 언저리에 힘이 들어가는, 참 바보 같으면서도 고마운 말이다.

그러니,
다 잘될 거야. 노력하고 있으니까.

초조해하지 말고, 걱정하지 말고
좋은 하루로 만들어보자고.

싸구려
커피

카페에서 마시는 원두커피만큼이나 자판기의 싸구려 커피를 좋아해요. 혀에 끈적하게 들러붙는 달콤함이 나는 좋거든요. 그렇지만 당신과 저녁식사를 하고 나올 때 출구에 커피 자판기가 있으면 나는 망설이게 돼요. 당신에게 커피 한잔 사겠다는 핑계를 댈 수 없어질 테니까요.

미끄러운 플라스틱보다 자글자글한 종이의 질감이 좋다는 당신 덕인지, 오늘 내 입가의 주름은 좀처럼 펴지지가 않아요. 서너 잔은 반주도 아니라던 당신에게 과했던 건 오늘의 분위기였나요, 정처를 알게 된 제 눈길이었나요. 카페에 가자는 말도 아직 못 꺼냈는데, 벌써 취기가 올랐나 봐요. 입김이 전보다 조금 발칙해지고, 들러붙는 코가 달큼해져버렸네요. 느려진 걸음 탓에 가게를 나서는 앞발의 발꿈치에 자꾸만 뒷발의 엄지가 닿아요.

생각해보니, 커피가 아니어도 좋을 것 같아요. 술기운을 떨치려면 차가운 스무디도 괜찮지 않을까요. 그게 아니라면 따스한 홍차로 움츠러든 몸을 녹이는 것도 괜찮지 않을까요. 생각해보니, 카페가 아니어도 좋을 것 같아요.

어쩌면 오늘 같은 날에는 저라도 괜찮지 않을까요.

장미가
피는 시간

부쩍 사랑이 하고 싶어졌다.

거리에 장미와 살 냄새가 낭자한 계절,
옷차림을 가늠할 수 없는 온도가 나를 물러지게 한다.

요즘 하늘은 꼭 미칠 것만 같은 모습을 해서는
허락 없이 당신 손을 붙잡는 상상을 하게 한다.

어디로든 가도 좋겠지만 우리는 높은 곳으로 가자.
하늘에 닿은 선이 각지지 않고
딱딱한 도시가 맥을 추지 못하는 곳으로.

당신 앞에서라면

얼굴이 터질 듯 빨개지더라도 노래를 부를 수 있고

잠든 당신의 얼굴을 내 눈에 옮겨내는 데만

온 새벽을 쓸 수도 있다.

달아오른 살을 맞댄 듯한 온도를 머금고

머리칼을 쓰다듬는 듯한 바람이 부는 시간.

하늘이 붉어질 때 나도 그 곁에서 붉 어 지 고   싶 다 .

나를 당신 곁에 두고 싶다.

부레

어제는 일이 있어 일찍이 집에서 나와 다음날인 오늘에야 집에 돌아왔다. 오른손에 매일 맞물려 있던 네 손 대신 휴대폰이 쥐어졌다. 버스를 타고 창밖을 보다가 달이 좋다며 사진을 찍어 보냈더니, 네가 많이 가라앉았단다. 하루가 무겁기만 하고 잘되는 일이 없다고 한다. 밤이 우울하다고 했다. 요즘은 도통 그런 일이 없었는데 걱정이 됐다. 이유가 무엇인지 물으니 그날 하루에 내가 살지 않아서란다. 어처구니없게도 그 말이 나를 웃게 했다. 너는 내가 없어 자꾸 가라앉는다는데 나는 자꾸 떠오르고 있었다.

네가 침대에 모로 돌아누워 휴대폰에 소중하다는 단어를 입력했을 모습을 생각하면서 그 말을 되뇌었다.

네가 가라앉고 떠오르는 일이 나로 인한 것이라면, 마음속에 물고기를 한 마리 키워보는 게 어떨까. 강이나 바다도 좋고 예쁜 어

서로의 부재가 서로를 불안하고 힘들게 한다면,
우리의 마음속에 작은 물고기를 한 마리씩 키우자.

항도 좋다. 물고기는 네 마음에 드는 녀석으로 정하자. 파란색이나 주황색은 어떨까? 줄무늬가 있는 것도 괜찮겠다. 깨끗한 물에 자갈을 깔고 희고 붉은 산호초도 조금 두자.

물고기들은 수심에 따라 달라지는 염분의 밀도나 압력에 제 몸의 비중을 조절해가며 떠오르거나 가라앉아야 살아갈 수 있다. 떠올라 숨을 틔워야 가라앉아 살 수 있고, 가라앉아 배를 채워야 떠올라 숨을 틔울 수도 있다. 그러고 보면 우리의 관계도 꼭 그렇지 않은가. 마냥 떠올라 있고 싶지만 그러지 못하는 날들도 많으니까. 나 또한 언제나 너와 붙어 있고 싶지만, 우리는 다른 두 사람이어서 매 순간 함께할 수는 없으니까.

그래도 가끔 내가 네 곁에 없어 가라앉는 날이면, 먹이를 찾으러 자갈 아래로 내려간 작은 물고기를 생각하자. 얼마 지나지 않아 배부르다며 산호초 사이로 떠올라 숨을 틔울 물고기를 생각하자. 서로의 부재가 서로를 불안하고 힘들게 한다면, 우리의 마음속에 작은 물고기를 한 마리씩 키우자. 평생을 죽지 않고 입 맞추며 살아갈 물고기를 한 쌍 키우자.

몇 번을
말해도

사랑만큼 듣기 좋은 말도 없지만
또 그만큼 불안정한 말도 없다.

사랑은 오래 외워지지 않는 단어 같아서
헐거워지지 않도록 수시로 조여주어야 한다.

넘칠 만한 사랑은 있어도
사랑이 넘치는 법은 없으니

사랑한다, 사랑한다,
몇 번을 말해도 부족하다.

멍

조금 전까지 시끄러웠던 밖이 조용하다 싶어 창을 내다봤더니 여전히 비가 온다. 요즘 비는 쉴 새도 없다. 창밖의 우산들이 곧게 걷질 못하고 물웅덩이를 피해가며 걷는다. 비가 오지 않았으면 보이지 않았을 웅덩이들. 거리낌 없이 걷던 길에 물이 깊이 고였다.

내게 말하지도 않는데 어떻게 아느냐고, 속을 몰라 답답해하며 너를 나무란 적이 있다. 실은 드러내지 않는 고민이나 상처일수록 더 깊은 곳에서 아팠을 텐데. 말하지 않는 것보다, 말하지 못하는 게 대부분이었을 텐데.

여름날 하염없이 내리는 장맛비에 묵묵하던 바닥이 크고 작은 웅덩이를 드러내듯, 그때까지 곁을 지켜줘야만 했던 걸까. 나는 얼마나 많은 네 웅덩이를 알지도 못한 채 밟고 지나갔을까. 빗살이 거세지고 웅덩이에 고인 물 한가운데 퍼런 간판 불빛이 내려앉았다.

잡문

산다는 건 때로는 아무렇게나 쓰인 잡문같이 느껴진다. 그렇지만 그래서 좋은 걸지도 모른다. 흘러가는 대로 쓰이는 글처럼, 머리가 쓰는 건지 손이 쓰는 건지도 모르는 그런 글처럼, 꾸밈없이 살아가고 있다는 거니까.

버스 의자에 처진 몸을 기대어 있다 창에 걸린 달을 우연히 보게 되는 순간처럼, 작은 행복에도 기꺼이 웃으며 살아가다 보면 언젠가 믿기지 않는 일이 일어나 삶이 소설처럼 읽히기도 하고 마음 편한 잔잔한 수필처럼 보이기도 하는 거 아닐까.

끈을 놓쳐버린 색색의 풍선 다발 같은 거야. 어느 색의 풍선이 높고 낮은 게 중요한 것이 아니라 하늘에 녹아든 그 모습만으로 아름다운 거지. 네가 가진 빛깔의 문장들을 띄우면서 사는 거야.

산다는 건 그렇게 쓰인 잡문이어서
아름다운 걸지도 모르겠다.

세레나데

깜박이는 눈꺼풀을 따라 깜박이다 생각해봅니다.
으스러질 듯 껴안기보다는 감싸 쥐는 듯한 세기로,
키스는 입술 끝을 잘게 깨물 수 있을 만한 템포로.
당신께 적당한 세기와 박자로 당신을 사랑하겠습니다.

그러다 내가 그 세기와 박자로 굳어진 사람이 된다면
나는 평생 당신을 위해 연주될 하나의 곡이 되겠습니다.

다짐

1. 어떻게든 나를 남기며 살아가기
2. 떠오른 일은 오래 품지 말고 시작하기
3. 힘들다고 말하는 것을 무서워하지 않기
4. 날것의 마음을 부끄러워하지 않기
5. 난로와 그늘 같은 사람이 되기
6. 지금 곁에 머무는 행복을 챙기기
7. 사랑하는 만큼 사랑하기

여닫이문

'당기시오', '미시오'

세 들어 살고 있는 집 1층의 현관문은 문을 밀어도 당겨도 열리는 문이어서 이런 문구가 없다. 별다른 문구가 없는 문이라면 나는 보통은 문을 당기는 사람이었다. 안으로도 바깥으로도 열린다면 내 쪽으로 당기는 편이 편하다고 생각했다. 문 건너에 사람이 있을 수도 있고, 있다면 그 사람이 불편하지 않을까 생각했다. 문을 밀다가 건너편의 사람과 부딪힐 뻔한 적도 있다 보니 그럴 때면 자연스럽게 문을 당긴다.

나는 먼저 한 걸음 물러나는 게 더 마음 편한 사람이다.

줄곧 그렇게 살아왔다. 그런데 살아가다 보니 사람은 문 건너편에만 있는 게 아니라 내 곁에도 있었다. 내 손을 잡아주는 사람. 손을 잡고 함께 여러 문을 건너며 살아가는 사람도 있다. 내가 문을

열길 기다려주는 사람. 내가 습관처럼 문을 당기면 나뿐만 아니라
그 사람도 함께 물러서야 한다.

어떤 때는 내가 문을 당길 거라 생각하지 못했던 당신과 서로 몸
이 부딪히기도 한다. 투정 어린 가벼운 핀잔을 듣기도 한다. 있을
지도 모르는 건너편의 누군가를 걱정하기보다, 곁에 있어주는 사
람을 위해야지, 하고. 사랑을 위해서는 문을 밀 줄도 알아야 한다.

나를 믿고 기대주는 사랑을
머 뭇 거 리 게 하지 말아야 한다.

섣불러지다

창가에 앉아서 차가운 커피를 마시고 있다. 혼자서 카페에 자주 가는 편은 아니지만 한번씩 아무런 일 없이 앉아 있는 것을 좋아한다. 그런 날에는 오늘처럼 창가 자리를 찾는다. 기왕이면 큰 창이 있는 쪽에 앉는다. 테이블은 크지 않아도 좋지만 의자는 되도록이면 편안한 게 좋다.

무더운 날씨 탓인지 창밖에는 한 손에 아이스커피를 들고 걷는 사람이 많다. 같은 커피가 담겼지만 커피가 담긴 컵도, 홀더도, 뚜껑도 제각각이다. 커피를 내린 원두마저 저마다 다른 곳에서 왔겠지.

차가운 커피를 마시고 싶다는 생각은 같았을지 모르나 오고 가는 길이 달랐거나, 원하는 맛이 달랐을 수도 있다. 그렇지만 나는 사람들이 나와 같이 차가운 커피를 들고 있다는 이유 하나만으로 이렇게나 생각에 잠겨버렸다.

어쩌면 우리는 온통 다른 것들뿐이어서
사소한 공통점 하나로도
쉽게 섣불러지는 걸지도 모른다.

변하지 않는 것

시간이 흘러 변한 것들 사이에서도
변하지 않은 것들이 있다.
바람이 지나고, 갈대의 색이 빠져도
지난 기억들이 그 자리에 여물어 있듯이.

읽었지만 다시 읽고 싶은 책이 있다.
극장에서 보고도 시간이 지나 다시 찾아보는 영화가 있다.
들렀지만 다시 밟고 싶은 여행지도 있다.
너도 그렇다.

바다에 부서지는 빛을 보고
달을 올려다봐도 좋다.
떨어진 솔방울을 보고
고개를 들어 소나무를 올려다봐도 좋다.

변하는 것들 사이에서
나는 그 자리에 있고
변하지 않는다는 말이다.

달처럼, 소나무처럼, 기억처럼.

빠르지 않더라도

옛날 필름 카메라처럼 아날로그 방식으로 사진을 찍어주는 휴대폰 앱이 있다. 신기하다 싶어 한 달 전쯤에 받아두었다가 필름 한 롤에 해당하는 스무 장 정도를 다 찍었다. 스물몇 장을 다 찍고 나서는 휴대폰의 사진 앨범에 저장되기까지 사진을 인화하는 것처럼 3일을 기다려야 한다. 3일을 기다려야 한다는 사실 때문에 나도 모르게 신중해져서 한 롤을 다 쓰는 데 몇 주나 걸렸다. 며칠 전 앱스토어 순위를 봤더니 이 카메라 앱이 유료 앱 1위를 하고 있었다.

결과물이 예쁘기는 하지만 분명히 불편한 카메라 앱이다. 필름 카메라의 뷰파인더 크기를 휴대폰 화면에 그대로 도입해서 그를 통해 보이는 화면은 너무 작고, 찍고 나서는 3일씩이나 기다려야 한다니. 우리는 이렇게 바쁘게 살고 있지만 결국은 느려지고 싶었던 걸까.

그런 생각을 하며 거리를 걷다 보니 쇼핑센터와 몇몇 작은 옷가게에서는 여름 시즌 할인 행사를 하고 있다. 벌써 그럴 때인가 싶었다. 아직 일주일에 이삼일은 비가 오고, 얼마 전에는 더위가 이제 시작이라는 말까지 들었는데. 빠른 사람들, 빨라야만 하는 사람들이구나 싶었다. 지금의 계절이 한창인데 벌써 다음 계절을 준비하는 사람들.

빨라야 여유를 가질 수 있는 걸까. 여유가 있는 사람이 빠를 수 있는 걸까. 둘 다 맞는 말일지도 모른다. 그렇다면 지금 이렇게 허겁지겁 살아가는 우리도 나중의 여유를 위해서 이러는 걸까. 나중이라는 단어가 얄궂다. 삶에 나중이라는 계절이 있을까.

이런 생각을 하다 보면 가끔 무얼 위한 피로이며, 무얼 위한 힘 듦이고 기다림인가 싶을 때가 있다. 그러면 또 '나중'이 나온다. 나중에 돈이 모이면, 나중에 여유가 생기면, 나중에 시간이 나면. 이래서야 "나중에 술이나 한잔하자." 하는 것과 다를 게 뭔가. 언제 볼지 모르는 먼 친구 놈 같은 '미래' 덕에 나와 함께 살아가는 가족 같은 '지금'을 뒷전으로 하는 꼴이다.

하고 싶은 것이 있다면
지금 해야 한다.
지금 떠나고,
지금 마시고,
지금 껴안고,
지금 쓰고,
그리고 사랑하며 살아야 한다.

지금의 당신이 모여
나중의 당신이 되는 것인데
지금 아프고,
힘들고,
망가지기만 해서야
그 나중이 성할 리가 없다.

잊을 만하면

첫 책을 출간한 후 동료 작가들과 함께 작업할 수필집을 쓰는 일에 집중하고 싶었다. 그래서 서울로 올라와 독립했지만 사실 내 일상이 크게 달라진 건 아니었다. 가끔 동료들을 만나 아이디어 회의를 하고, 내가 오래 쓰고 싶었던 이야기를 머릿속에서 조몰락거리는 게 다였다.

생각은 늘 바빴지만 하루는 여전히 따분했다. 일이라도 해보는 건 어떨까. 전부터 커피를 배우고 싶다는 생각을 했었지. 그렇게 부족한 생활비와 월세라도 보태보자고 시작한 게 커피 가게의 아르바이트였다. 일주일에 사나흘, 하루의 반나절 정도를 커피에 대해 배우고 커피를 내리며 보냈다.

아르바이트 장소는 내가 살던 곳에서 멀지 않은 신림역 3번 출구 근처였다. 2층과 3층을 모두 쓰고 있는 카페였다. 다행히 가게 주인분도 나를 좋아해주고, 함께 일하는 사람들도 좋아서 그곳에서 일하는 시간이 꽤 즐거웠다. 커피를 배울 수 있다는 것도 그 이유 중에 하나였다.

  첫 출근을 하고 며칠간은 바에서 설거지를 도우며 일을 배웠다. 그렇게 한두 주가 지나고 갓 메뉴를 만들기 시작해서 아직 바 안에서의 생활이 몸에 익지 않았을 때의 일이다. 바쁜 시간대에 커피를 내리고 있는데 발등에 뭔가 툭 하고 떨어졌다. 소스라치게 놀라 몸이 굳었다. 처음에는 그게 뭔지도 몰랐다. 발등을 덮고 있는 이 길죽한 나무 판때기는 어디서 온 걸까.

  내가 커피를 내리는 바 테이블 아래에는 작은 선반과 수납장이 있었다. 목재로 된 선반과 수납장은 바닥에서 조금 떠 있는데, 떠 있는 공간은 같은 재질의 목재 합판으로 덧대어져 있었다. 내가 발로 건드렸던 건지 바로 이 판자가 떨어진 거였다. 내 팔 한 쪽 정도 길이인 판자 뒤편에는 이미 테이프가 이리저리 붙어 있었다. 양쪽이 모두 붙을 수 있도록 스카치테이프를 동그랗게 말아 붙인 듯한데, 꼴을 보니 이전에도 자주 떨어졌던 모양이다.

이 판자는 그 후로도 종종 내 발 위로 툭툭 떨어졌는데, 몇 번은 처음처럼 깜짝깜짝 놀라다가 이후로는 '또 떨어졌네.' 하며 슬쩍 발을 들어서 선반에 가져다 붙였다. 작정하고 수리할 법도 한데 뒤에 덕지덕지 붙은 테이프 덕에 한번 붙여두면 또 한동안은 잠잠했다. 잊을 만하면 떨어지니 그만큼 불편하지는 않았나 보다.

나에게도 이렇게 잊을 만하면 툭, 툭, 하고 내 앞에 떨어져 나를 멈추게 하는 게 있는데, 그게 사랑이었는지, 상처였는지 그것도 아니면 당신이었는지는 모르겠다. 다만 오늘은 떨어진 판자의 뒷면을, 먼지가 까맣게 묻어 접착력도 남아 있지 않은 테이프를 보고 어쩐지 불쌍하다는 생각을 했다. 아마 한번 떨어졌으니 잊을 만하면 또 떨어지겠지만, 내일은 본드를 사러 갈까 한다.

나에게도 이렇게 잊을 만하면
툭, 툭, 하고 내 앞에 떨어져 나를 멈추게 하는 게 있는데,
그게 사랑이었는지, 상처였는지 그것도 아니면 당신이었는지는 모르겠다.

마음의
온도

카페에서 커피를 내리는 기계 오른편에는 네 개의 시럽 펌프가 있다. 초콜릿, 캐러멜, 헤이즐넛, 바닐라 시럽. 하나같이 달짝지근한 것들. 원두를 갈아 뜨거운 물로 내린 에스프레소는 다른 여러 재료가 섞여 모카커피가 되기도 하고, 마키아토나 바닐라 라테가 되기도 한다.

플라스틱으로 된 시럽 펌프의 병 입구 부분에는 숫자가 쓰인 라벨지가 붙어 있는데, 병 하나에 숫자가 두 개씩 쓰여 있다. 음료를 만들 때 컵에 시럽을 짜 넣는 횟수를 써둔 것인데, 왜 병 하나당 숫자가 두 개나 붙어 있는지 물으니 차가운 음료는 따뜻한 음료보다 덜 달게 느껴지니 시럽을 한 펌프씩 더 짜 넣어야 한다. 나야 마실 줄만 알았지 만들 줄은 몰랐으니 그렇구나, 했다.

맛을 보는 혀뿐 아니라 사람의 몸 어디든 온도가 낮아지면 감각도 함께 더뎌진다. 비단 몸뿐인가, 마음도 그렇다. 마음의 온도가 낮아지면 달았던 기억들을 암만 짜내어 쏟아도 밍밍하기만 했으니. 마음은 온도가 따뜻할 때는 한없이 달지만, 한번 차가워진 사람의 마음은 영영 달게 마실 수가 없었다. 그러니 마음을 쓰는 데는 숫자 같은 걸 써두지 말아야지. 식어버린 마음에 '한 번 더'로는 아무 소용도 없을 테니.

불꽃놀이

주말에는 함께 바다에 갈까요.

나는 바다에 가면 해가 지기를 기다립니다. 조용한 노을을 배경으로 세상에 방해받지 않은 채 파도 소리 듣는 걸 좋아하거든요. 부서지는 파도의 하얀 경계를 따라 총총거리는 걸음으로 실없는 장난을 하기도 하고, 앞서간 당신의 발자국이 사라지기 전에 꾹꾹 눌러 따라 걸어보기도 합니다. 그러다 다리에 힘이 빠지면 저기 콘크리트 계단에 앉아 쉬며 해가 지기를 기다려볼까요. 해가 지는 모습이 하루를 살아낸 후 서로에게 기대는 우리의 모습 같다는 터무니없는 생각도 해봅니다.

내 옆에는 검은색 비닐봉지가 하나 놓여 있어요. 밤바다에선 괜히 아이들처럼 불꽃놀이 같은 게 하고 싶어지잖아요. 폭죽에는 여러 종류가 있지만 내가 꼭 사는 것이 있습니다. 철심에 회색빛의

화약이 발린 폭죽입니다. 이백 원짜리 막대 끝에 불을 붙이면 끝에서부터 불꽃이 튀면서 길이가 짧아집니다. 그뿐 아니라 폭죽이 남기는 잔상도 아름다워서 곧잘 손에 들고 흔들게 됩니다. 별 모양이나 하트 모양을 그립니다. 또 어떤 글자를 써본 적이 있는 것 같기도 합니다.

폭죽으로 이름을 쓰면 얼마 지나지 않아서 사라집니다. 그러면 나는 얼른 다시 써낼 생각은 않고 이름이 사라진 자리를 지켜봅니다. 아직 잔상이 남아 있는 듯 아른거립니다. 눈이 착각을 하나 봅니다. 아쉬워서, 머리가 착각을 하나 봅니다.

눈앞에 흐릿하게 당신이 지나갑니다. 이불을 턱까지 끌어올리며 다시금 눈꺼풀을 반쯤 들어 올려봅니다. 아침에 조금 바빴는지 당신은 거울 앞에 렌즈 통을 두고 나갔습니다. 허둥거리는 모습으로 버스 정류장까지 뛰어가는 당신을 상상하며 웃다가 입술을 핥습니다. 환절기의 고질적인 습관입니다. 혀끝에 익숙한 화장품 맛이 묻어납니다. 당신의 바쁜 입맞춤을 떠올리곤 아까보다 입꼬리가 조금 더 올라갑니다.

폭죽 끄트머리의 작은 불꽃만이 아니라
그 잔상들까지도 불꽃놀이라 합니다.
그렇듯 나는 당신이 있는 그 자리만이 아니라
당신이 지나간 잔상들까지도
모두 사랑이라 말합니다.

이번 주말에는 불꽃놀이를 하러 바다에 갈까요.

조용한
| 사랑

조용한 사랑을 하자.
커튼에 번지는 햇살처럼
조심스레 얹히는 그림자처럼
서로를 바꾸려 하지 않아도
전체를 물들일 수 있는.

나는 욕심내지 않을 테니
너는 초조해하지 않아도 된다.
걱정 없이
조용한 사랑을 하자.

능소화

하루는 당신과 낯선 골목을 거닐다가 담벼락에 늘어진 꽃을 만났다. 어떻게 꽃이 이렇게 생겼을까, 생각하면서 걸음을 멈추고 바라보았다. 아래로 늘어진 가녀린 줄기 끝마다 손바닥만 한 꽃이 고개를 치켜들고 하늘을 보고 있는 모습이라니. 나는 그날 처음 걷는 길에서, 연고 없는 한 주택의 담벼락에서 생명의 고귀함 같은 걸 느꼈다.

꽃이 시들어가는 게 아쉽다고 생각했다. 그 앞에 당신을 두고 사진을 찍고 싶다고 생각했다. 또 언제 볼지 모르는 이 꽃과 함께 당신을 담아두고 싶었다. 또 언제가 될지 모르는 일이니까. 나는 그 사진을 좋아했다.

글을 쓰고 나니 그동안 어떻게 모르고 살았을까 싶을 만큼 그 꽃은 곳곳에서 피고 졌다. '능소화'라는 이름을 가진 그 꽃이 여름의 끄트머리를 사는 꽃이라는 것도 알았다. 그 덕에 매년 여름마다 길가의 담벼락에는 어떤 미소가 핀다. 활짝 폈을 때는 생각에 잠겨 사진도 몇 장 찍어두지 않으면서, 그날처럼 져가는 꽃을 보면 허겁지겁 사진을 찍기도 했다. 그런 사진에는 당신이 없어도 당신이 담긴다. 배시시, 품에 꽉 쥐고 놓치고 싶지 않았던 발간 미소가 담긴다.

오랜만에 집 밖에 나왔더니 계절이 달라진 것 같다. 개나리보다 프리지어가 좋았고, 목련보다 벚꽃이 좋았듯, 장미보다 능소화가 좋다. 올해는 언제쯤 필까.

꽃으로 기억되는 사람은 오래 남는다.

이불 속은

여름

겨울날 덮고 있던 이불의 따스함을 모르다 이불을 젖히니 한기가 들어 얼른 턱 아래까지 끌어올렸다. 사랑아, 네 사랑이 이렇다. 아직 함께 겨울을 나지 않고서도 잠깐의 부재만으로 너의 따스함을 알았다.

봄에 입 맞추며 여름을 안겨다 준 사랑아. 계절의 변화보다 계절의 반복에 의미가 있는 사랑을 하자. 작은 방을 찬 공기로 채운 뒤에 이불 속에서 우리의 여름을 나누자.

이불 아래 삐져나온 발가락을 부비자. 키스를 하기 전에 어깨선에서 턱 아래까지 입을 맞추고는 낮이 밤인 듯이, 밤이 새벽인 듯이, 새벽이 영원인 듯이 사랑하자. 그렇게 사랑을 하자.

눈동자

너는 하늘을 좋아하잖아.

길을 걷다가도 우두커니 멈춰 서서

하늘 사진을 찍곤 하잖아.

네가 가장 좋아하는 하늘은 어떤 하늘일까.

솜사탕 같은 구름이 포근하게 떠오른 하늘? 아니면 색색의 팔레트를 엎지르기라도 한 듯 울긋불긋해진 하늘일까? 하늘은 한시가다르게 변하고 또 매 순간 아름답지.

그렇지만 나는 새하얀 구름이 떠오른 어둑한 하늘이 좋아. 어떻게 어둑한 하늘에 새하얀 구름이 떠 있을 수 있느냐고 그러겠지만, 나는 그래. 나를 보는 네 눈동자에 맺힌 하얀 빛 망울이 꼭 그렇거든. 내가 담긴 그 하늘에 맺힌 구름을 보는 걸 좋아해.

내가 사는 하늘, 내가 맺힌 구름. 내가 사랑하는 풍경.

당신은 내가 어쩔 수 없는 것 중
가장 비중이 컸고
어떡해야 할지 모르는 것 중
가장 선택지가 많았다.

정도

얼마만큼 사랑하느냐는 물음에 나는
사랑은 '얼마나'가 중요한 게 아니라
'하느냐 안 하느냐'가 더 중요한 거라고.

그런데도 네가 묻는다면 나는
공기처럼 빠짐없이 너를 사랑한다고.
아마 없어서는 안 될 것처럼
너를 사랑한다고.

크레파스

어떤 계절은 우리를 어렸을 때로 데려간다. 그런 계절의 한가운데에 서면 아끼던 색이 생각난다. 몸집만 한 가방에도 다 들어가지 않는 스케치북. 색색의 크레파스들이 가득한 크레파스 통. 스케치북에 계절을 구겨 담느라 짧아질 대로 짧아져 엄지와 검지 끝으로 겨우 잡던, 아끼는 크레파스 색들이 생각난다.

스케치북은 배경에 무슨 색을 칠하느냐에 따라 계절이 달라지곤 했는데, 오늘처럼 바닥에 은행잎이 소복할 때면 가을이랍시고 종이를 노랗게 칠하곤 했다. 노랗게 칠해둔 배경 위로는 뭐든 그릴 수 있을 것 같은 기분이었는데. 계절은 어쩐지 나를 배경이 온통 하얗던 때로 돌아가게 한다.

사랑 말고도 아는 단어가 많아졌다. 바람에 가지가 살랑여 꽃향기가 떨어지면 사랑인 줄 알았는데, 그게 아니란다. 저 너울은 무엇이고, 저 단비는 무엇이고 또 뭔 놈의 마음이 많다더라. 사랑으로 가는 길이 멀어졌다. 빨간 크레파스만 쥐면 스케치북 위에 주저앉아 사랑표를 그려대던 아이가 그립다. 아파본 적 없는 때로 돌아가고 싶은 건지, 떨리는 마음마다 붙잡고 사랑이라며 호들갑을 떨던 때로 돌아가고 싶은 건지는 모르겠다.

오늘은 당신에게 투정을 부리고 싶은 날이다. 단풍 대신 사랑표를 그릴 거라 남겨둔 붉은 크레파스를 아직 다 쓰지 못했다고. 단풍 없이 은행잎만 가득한 거리에 서서 사랑을 찾는다. 가을이 오지도 않았는데 가을이 간다.

미적지근한
사랑

　몇 가지 닮은 점이 우리를 만나게 했지만, 사실 그 몇 가지 말고는 모든 점이 다른 우리입니다.

　세세하게 신경 쓰고 노력해야 해요. 그 사람을 품에 안게 되었다고, 그 사람의 모든 것을 안아낸 것은 아닙니다. 처음 만났을 때처럼, 혹시 애인이 있을지, 사는 곳은 어디일지, 좋아하는 건 무엇일지 궁금해하던 그때처럼 변함없이 주의를 기울여주세요. 구태여 드러내지 않더라도 알아줬으면 하는 마음은 여전히 그때만큼, 어쩌면 그때보다 더 많이 남아 있으니까요.

　처음인 것처럼 사랑해주세요. 손등 대신 어깨가 스치게 되었을 때도, 바래다주는 시각이 밤 대신 한낮이 되었을 때도. 다만 마지막을 잊어서는 안 됩니다. 차마 눈물을 참아내지 못했던 날도, 닫힌 문 앞에서 한 발자국도 떼지 못했던 날도. 끊어진 사랑의 마지막을 기억 속에 간직하길. 마지막이라고 생각하고 처음처럼 사랑하길.

애써 사랑을 하기로 마음먹었다면,
함부로 사랑하세요.
미적지근한 사랑은 받는 이의 사랑도
미적지근하게 하는 법입니다.

액자

내가 일하는 카페에서 밖을 보면 가게 입구가 꼭 액자 같아. 가게가 그렇게 붐비는 편도 아니어서 밖을 바라보는 시간이 가끔 있어. 액자 안에는 갈림길 사이에 있는 우리 가게로 오는 길도 보이고, 병원 건물의 뒷모습, 약국, 아파트 단지 입구의 주차장도 보이지. 가게 앞길을 지나는 사람들은 대개 이 아파트의 주민이거나 병원을 오가는 사람이 많아.

어떤 날은 혼자서 강아지를 세 마리나 산책시키는 아저씨를 본 적도 있고, 대파가 삐져나온 검은 비닐봉지를 양손에 가득 쥐고 지나가는 아주머니를 본 적도 있어. 지나다니는 사람이 많지 않아서인지 더 유심히 보게 돼. 어쨌거나, 매일 같은 배경을 담고 있는 액자 속에서 여럿의 이야기를 엿본다는 건 생각보다 즐거운 일이야.

오늘은 내가 이제껏 본 그림 중에서 가장 예쁜 그림을 선물 받았어. 여느 날처럼 바쁜 점심시간이 지나고, 나는 진열장에 살짝 기대서 밖을 보고 있었는데 정말 예쁜 커플이 카페 앞을 지나가는 거야. 쫓아오는 시간 같은 건 신경 쓰지 않는 여유로운 걸음으로. 조금은 철 이른 코트를 입고 손을 꼭 잡은 채 걷는 뒷모습을 보고 있자니, 그 작은 이야기 속 주인공들이 액자 밖을 나가고 나서도 몸을 기울여 한참을 더 보게 되더라.

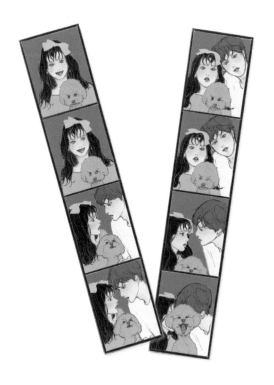

우리도 나중에 누군가의 액자 속에 있을 때 저렇게 아름다운 모습으로 비칠 수 있을까. 하나의 장면만으로 이야기를 들려주는 삶을 살 수 있을까. 너를 만나면 다른 말은 않고 네 손을 꼭 잡고 있으려고 해. 맞잡은 두 손에 오랜 세월이 깃들 때까지, 모자 뒤로 삐져나온 머리카락이 하얗게 셀 때까지, 마주 보는 웃음 사이에 믿음보다 깊은 시간이 머물 때까지.

내가 오늘 만난 잊지 못할 이야기처럼.

당신을
만나고 나서야

오늘은 우리가 어디서 만났던가요.

버스 맨 뒷좌석에서 당신에게 기대고 있던 나는
다리가 뜨끈해지고 나서야
햇살 좋은 날이구나 합니다.

간만에 앞서 걷던 당신의 머리칼 냄새가
바람 타고 실려 오고 나서야
비로소 가을이구나 합니다.

커피 가게의 테이블에 엎드려 마주 보다
손목의 초침 소리를 듣고 나서야
시간이 가는구나 합니다.

한쪽으로만 예민한 사랑은 나를
세상으로부터 둔하게 만드나 봅니다.

당신은 언제나 나를 멎게 만듭니다.
오늘은 헤어지기 싫은 날입니다.

사랑

앞에서만큼은

사랑 앞에서는 구차해져도 된다.

조금 헐거워져도 된다.

가끔은 어린아이가 되어 울어도 된다.

네가 못난 사람이 아니란 걸 안다.

뻣뻣한 사랑은 없으니, 사랑을 핑계로

자존심을 버려도 된다.

사랑 앞에서만큼은 마음껏 사랑해도 된다.

사람

이상하리만치 혼자이기를 고집하던 때가 있었다. 그토록 그리워하던 가족과 넓은 방, 따뜻한 밥을 뒤로하고 상경한 이유이기도 했다. 그렇게 꽤 오랜 시간 혼자서 끙끙 앓았다. 풀리지 않는 글감 몇 개와 다음 책의 원고 작업 그리고 글을 쓰며 생긴 그보다 고질적인 고민들까지. 어느새 '슬럼프'라는 단어를 '요즘'이라는 단어와 한 문장 안에 두게 됐다.

하루는 한 카페에 작은 행사가 있어 참석했는데 그곳에서 타투이스트 한 분을 만나게 됐다. 예명으로 쓰는 이름에 '꽃 화(花)'자가 들어갔다. 그 예명만으로도 새삼 친구처럼 느껴져 어색한 사이에 어색하지 않은 대화를 했다.

그림을 그리고, 글을 쓰고, 사진을 찍고, 음악을 하는 그런 여러 사람에 대한 이야기. 처음에는 어색함을 없애려 나눴던 대화가 카페를 나설 때까지 잊히지 않았다. 처음 만난 사람이기에 오히려 속마음을 터놓고 대화할 수 있었기 때문일까. 그곳에서의 어처구니없이 짧은 대화로 슬럼프를 딛고 이겨내게 됐다. 카페를 나와서 생각해보니, 나는 혼자이고 싶어 하면서도 다시 사람들을 찾았다.

'혼자'에도 여러 종류의 혼자가 있고, 또 혼자일 때만 얻을 수 있는 것도 있다. 그렇지만 '여럿' 또한 혼자만큼의 가치가 있다는 걸 알았다. 혼자만의 시간은 분명 필요하지만, 우리는 오롯이 혼자로 살아갈 수 있을까. '우리는'으로 시작해 '있을까'로 맺은 문

장을 보니 나는 앞으로도 영영 혼자서 살지는 못하겠다. 결국은 사람과 사람 사이에 살아서 인간인 것이 아닐까.

사람을 사랑하는 일보다
더 예술적인 일은 없다

"There is nothing more truly artistic than to love people."

    네덜란드의 화가 빈센트 반 고흐는 "사람을 사랑하는 일보다 더 예술적인 일은 없다."는 말을 했다. 면도칼에 잘려나가 한쪽밖에 남지 않은 귀. 마흔이 채 되지 않은 나이에 권총으로 스스로 목숨을 끊은 이 예술가를 떠올리면 대부분 정신질환, 발작이나 불행 같은 단어를 먼저 생각하기 마련이다. 그렇지만 사실 그는 누구보다 사랑에 가까운 삶을 살았다.

    작품 활동을 시작하기 전 반 고흐는 성직자가 되어 많은 사람들에게 선교를 하고 싶어 했다. 하지만 그 바람은 신경질적인 성격과 광신도 같은 기질 탓에 이루어지지 못했다. 회의감에 빠져 살던 그는 한참 후에야 어린 시절 습작을 그렸던 경험을 바탕으로 그림을 배우고 작품 활동을 시작한다.

예술이 매력적인 이유는 작품을 통해 그 사람의 삶에 대한 시선을 엿볼 수 있기 때문이 아닐까.

나는 그의 작품을 볼 때면 종종 사랑과 엇비슷한 이상한 감정을 느끼곤 한다. 우리에게 가장 잘 알려진 작품인 〈별이 빛나는 밤에〉나 〈해바라기〉 외에 그가 처음 활동을 시작하던 때인 1880년대 초반의 작품들을 보면 그림 속에 유독 사람이 많이 등장한다. 토탄을 캐거나 씨를 뿌리거나 베를 짜거나 하는 지극히 평범한 사람들. 풍경에 녹아들어 제 삶을 살아가는 사람들. 눈앞의 풍경에 들어와 내 삶을 채우는 사람들. 그는 누구보다 사람을 사랑했기 때문에 사람에게 사랑받지 못해서 불행했던 걸지도 모른다.

예술적인 일이란 무엇일까? 갖가지 수식어를 모두 떼어놓고 보자면 예술의 본질은 표현이다. 반 고흐의 말에 따르면 그가 생각하는 가장 궁극적인 표현은 사람을 사랑하는 일일지도 모르겠다. 이렇게 작은 실마리를 찾아가다 보면 그 실마리들이 꼬리에 꼬리를 물고 내가 글을 쓰기 시작한 순간으로 나를 데려다 놓는다.

아무도 몰라주던 곳에서 홀로 글을 썼던 것도 사람을 사랑하는 일에서 시작됐다. 타인의 이해할 수 없다는 눈빛과 비아냥거림 속에서도 사람을 사랑하고 싶다는 마음에서 혼자 글을 쓰곤 했다. 다만 내가 줄곧 생각하던 '사람'의 중심에는 내가 있었다.

살아오면서 가장 힘들고 찢어질 듯 아팠던 시절은 내가 나를 싫어할 수밖에 없었던 때였다. 나를 괴롭히는 수만 가지 말들을 밖으로 내던져도 고스란히 내게로 돌아와 상처로 박히던 날들이었다. 글을 쓰기 전까지 그런 삶을 살아왔기에 내가 쓴 글을 처음 누군가에게 조심스럽게 내비쳤을 때, 내 글이 누군가의 마음에 가닿았던 그 찰나의 기분을 아직도 잊을 수가 없다.

고흐는 마흔여 점이 넘는 자화상을 그렸다. 자화상은 제각기 분위기와 필치가 다르다. 여러 화가들에 비해 고흐가 월등히 자화상을 많이 그린 이유는 단지 가난 때문이 아니었을 수도 있다. 그 또한 사랑하고 싶은 '사람' 속에 자신이 있었던 건 아닐까. 광기 어린 삶 속에서 자신을 드러내 표현하며 스스로를 사랑하려 안간힘을 썼을지도 모르는 일이다.

나 또한 앓던 것을 세상에 내놓기 시작하자 표현하는 일이 곧 내가 사랑하는 일이 됐다. 말하기가 두려워 간신히 펜으로 종이나 긁던 사람이 강연이라는 과분한 이름으로 여러 사람 앞에서 삶을 이야기하기 위해 여러 곳을 다니기도 했고, 미처 끄집어내지 못해 남겨두던 상처들을 사랑해주는 사람들도 만났다. 사랑이란 것이 언제나 애틋하고 간지러운 감정은 아니었지만 그걸로 좋았다. 앞으로도 내가 가진 단어들을 어루만지며 살고 싶다. 사람을 사랑하고 싶다.

사람을 사랑하는 일보다 더 예술적인 일은 없다.

노력

"나는 오늘 노력하였는가."

수험 생활을 할 때 쓴 일기장의 머리말이다. 일기장이기도 했고
하루의 공부를 돌아보는 수첩이기도 했다. 내 하루에 대해 적기 전
에 가장 첫 줄에 쓰던 문장. "나는 오늘 노력했을까." 학생이었을 때
니 물론 공부에 관한 이야기이기도 했지만, 내가 생각하는 노력은
단지 수학 문제를 풀거나 영어 단어를 많이 외우는 게 아니었다. 어
떤 것에 관해서든 노력한 하루였는지 아니었는지가 중요했다.

물은 가만히 두면 고이기 마련이니 어떻게든 경사를 만들고 싶
었다. 어디로든 흘러가게 하고 싶었다. 살아간다는 것이 언제나
능동적일 수는 없지만, 지나고 나서 살아온 길을 돌아보면 조금씩
이라도 내 의지가 섞인 굴곡이 생겼다. 그렇게 만들어진 경사를
타고 어느덧 나는 이곳까지 흘러오게 되었다.

누군가를 만나 이야기를 나눌 때면 가장 먼저 내 앞의 사람은 어떤 경사를 타고 여기까지 흘러왔을까 생각하고 궁금해한다. 얼마나 무수한 노력이 지금의 이 사람을 만들어냈을까. 얼마나 많은 밤들을 머리를 싸매며 힘들어했고 또 얼마나 많은 갈림길과 마주쳤을까.

나는 항상 내 앞의 당신을 존중한다. 노력 없는 삶은 없으니 소중하지 않은 삶도 없다. 사람들이 말하는 노력만이 진짜 노력이 아니라는 걸 알아야 한다.

당신은 살았고 또 쌓았다.
하찮은 노력은 없고 귀하지 않은 삶도 없다.
당신의 노력을 당신은 안다.

그럴 수 있지

내 이름으로 된 SNS계정을 관리하면서 라이브 방송을 켜두고 독자들과 대화하는 일에 재미를 붙이게 됐다. 처음에는 호기심에 한두 번 해보았는데 하다 보니 기다리는 사람이 생기고, 나도 나와 엇비슷한 사람들과 대화를 나누는 것이 즐겁고, 혼자 있기에도 적적하지 않아 종종 방송을 하게 됐다. 그러다 보니 어쩌다 나와 내 방송을 듣는 사람들에게 '대추나무와 대추 주머니'라는 귀여운 별명도 생기게 됐다. 방송 중에 대추를 먹고 있었다는 이유만으로 붙은 이름이다. 참 사랑스러운 사람들이다.

여하튼 그렇게 대화를 하다 보면 같은 질문도 여러 번 받게 되는데 그중 하나가 이렇다.

"좋아하는 책이나 문장이 있으면 얘기해주세요."

자주 듣는 사람은 지겨울 법도 하지만 그때마다 나는 꼭 피천득의 《인연》이라는 책을 말한다. 다음은 책에서 춘원이 피천득에게 보낸 편지 중 한 구절이다.

"기쁜 일이 있으면 기뻐할 것이나,
기쁜 일이 있더라도 기뻐할 것이 없고,
슬퍼할 일이 있더라도 슬퍼할 것이 없느니라.
항상 마음이 광풍제월(光風霽月) 같고
행운유수(行雲流水)와 같을지어다."

한자를 풀이하면 "마음이 비가 갠 뒤의 바람과 달 같고, 하늘에 떠도는 구름과 흐르는 물 같다."라는 말인데, 너무 많은 것에 연연하며 살아가던 나에게 이 문장은 도끼처럼 내리찍혀 깊이 박혔다. 지금까지도 마음속에 품고 사는 말이다.

나는 격앙되거나 화내는 내 모습을 좋아하지 않는다. 침착하고 차분한 사람이 되고 싶다는 생각을 오래 해왔다. 섣불리 가벼워지지 않으며 중심이 굳건해 제자리를 알고, 조용히 제 가치관을 이야기할 줄 알며 신념을 지킬 줄 아는 사람이 되고 싶다.

내가 만난 또 하나의 문장은 "그럴 수 있어."였다.

〈책번개〉라는 티브이 프로그램이 짤막하게 편집된 영상을 본 적이 있는데, 다른 이야기들이 흐릿하게 지나가는 중에 "그럴 수 있어."라는 말이 또렷하게 들려왔다. 신기한 말이지 않은가. 어떤 일이든 그 한마디를 입 밖으로 내고 나면 '그럴 수 있는' 일로 만들어준다. 사실은 그게 맞는 말이다. 모두가 그럴 수 있는 일이다.

많은 사람들이 자신의 주관 밖의 일에 과한 신경을 쏟으며 살고 있다. 세상에 계획은 많지만 계획대로 되는 일은 적고, 평생을 나대로 살아왔지만 나처럼 살아온 사람은 자신 외에 단 한 사람도 없다. 그러니 괜한 일에 신경이 팔려 나를 잃을 때면 나지막이 입밖으로 이 말을 뱉어보는 건 어떨까.

"그럴 수 있어."

이 말은 당신의 마음으로 하여금
당신이 두 발로 서 있는 그 자리로
돌아오게 만들어준다.

네게 머무는
마음

이 순간에도 많은 사람들은 어디론가 떠날 채비를 한다.

엇갈리고 다시 만나고 또 엇갈린다는 건, 우리가 부단히도 걷고 있다는 말이겠지. 어제까지는 몰랐던 사람과 하루아침에 친구가 되기도 하고, 둘도 없던 친구가 어느새 시간 속에 흘러가버리기도 한다. 살다가 문득 돌아서서 이름을 부르려고 보면 이미 저만치 휩쓸려가 있다. 누가 먼저랄 것 없이 서로에게서 멀어져간 것이다. 그건 우리가 다시 만나기 위해서일지도 모른다. 그리고 우리가 다시 만나는 건 다시 멀어지기 위해서일지도 모른다.

이제는 각자 다른 곳에서 다른 이름으로 불리면서 살아가게 됐지만 결국에는 전과 다를 것 없는 삶이잖아. "나야 잘 지내지."라는 한마디 뒤에 목이 좀 탈지 모르지만, 또 얼굴을 보니 좋은 거잖아. 잘살고 있다. 너도, 나도. 오늘 기울이는 잔이 마지막이 아니라는 걸 알아서 드물게 만나서는 선뜻 헤어지는 거잖아. 어쩌면 네가 내 앞에 있어 잘산다고 할 수 있는 걸지도 모르지. 잘살았다 할 수 있는 걸지도 모르지. 각자의 자리에서 지금처럼만 살아가자. 이렇게 보고 싶은 얼굴 두엇쯤 가슴에 쥐고 살자.

인연이란 그런 거겠지. 곁에 없어도 곁에 있는 사람. 내가 없는 곳에 머무는 마음의 곁을 지켜주는 사람이겠지. 네가 어디에 있건 지금 그 자리에서 행복했으면 좋겠다. 너와 함께 머무는 내 마음이 행복해질 수 있도록.
어디서든 또 만나자.

유자차

너에게도 내 덕에 좋아진 것이
하나쯤 있었으면 좋겠다.

그게 네 삶에 떼어놓을 수 없는 것이 되어서
그 때 마 다 너 에 게
빠 짐 없 이 생 각 나 고 싶 다 .

그때마다 너에게
빠짐없이 생각나고 싶다.

스며들거나
무뎌지거나

[스며-들다]
1. 속으로 배어들다.
2. 마음 깊이 느껴지다.

[무디어-지다]
1. 칼이나 송곳 따위의 끝이나 날이 날카롭지 못하게 되다.
2. 느끼고 깨닫는 힘이나 표현하는 힘이 둔하게 되다.
3. 솜씨 따위가 둔하게 되다.

발음할 때 입술 모양이 비슷한 두 단어를 종이 위에다 써놓고 한참을 바라보고 있다. 다시 또 연필을 쥐고 몇 번을 더 써본다. 그렇게 쓰다가 이제는 단어를 따라 입술을 오물거려본다. 스며들다, 무뎌지다, 스며들다….

맞춰간다는 건 상대를 바꾸는 일이 아니라 상대에게 적응해나가는 일이라고 한다. 사랑은 상대가 살아온 길을 존중하고, 그 사람을 내가 살아가는 세상에 받아들이는 일이다. 그렇지만 맞춰간다는 건 두 사람이 함께하는 일이고, 적응하는 일은 한 사람이 하는 행동이다.

그러니 맞춰갈 의지가 없는 상대에게 혼자 적응하는 건 또 얼마나 슬픈 일일까. 스며드는 것과 무뎌지는 것. 관계의 온도부터 달라서일까. 조금 엇갈린 말의 온도가 한참이나 다르다. 적응하며 살아간다는 건 마냥 기쁜 일은 아닐 수도 있겠다.

어쩌면

비가 온다고 그 사람이 있는 곳을
궁금해해서는 안 된다.

누군가를 잊는다는 것은
우산 아래 나눠 듣던 노래를 듣고도
걸음이 느려지지 않는 일.

앉아 있던 지하철 창 뒤로 햇살이 들 때
옆 대신 뒤를 보는 일.

함께 보던 어느 풍경을
내가 아끼는 장면이라 바꾸어 말하는 일 .

덜어내려 하지 않고
부분이 되었다는 걸 인정하는 일.
그다음 한 발짝 더 떼내는 일.
고개를 좀 더 돌리는 일.

어쩌면 나를 좀 더 사랑하는 일.

모르겠다

네가 꿈이라면
'아, 예쁘고 슬픈 꿈을 꾸었다.'
하면 그만일 텐데

너는 왜 꿈도 아니어서
나를 미련하게 만드는 건지.

나는 왜 비어버린 밤을
네 꿈만 바라며 너로 칠하는 건지.

그러곤 왜 잠도 못 들고
'그래도 나에게는 참 꿈같은 사랑이었다.'
다독이고 있는 건지.

남겨야 하는 것들

너는 거기서부터 참 예뻤다.

침대 머리맡에 향초를 켜두지 않아도
따스한 향이 아른거렸고,
네가 품은 것들은 모두
포근하게 빛나는 듯했다.

나는 네 것이 되고 싶었다.
가서 안기면 나 또한 빛나 보일 줄 알았다.

그렇지만 나는 거기서까지 참 못났다.

포근하게만 보이던 이불 속에는 사연이 많았고
너를 안는다고 너를 품어낼 수 있는 것은 아니었다.

안아내지 못하는 일은
안겨 사는 일보다 아픈 것이어서.

나는 다시 여기다.

너는 그곳에서 여전히 예쁘고,
나는 이곳에서 아직도 못났다.

내가 거칠어도 너는 부드러워지고,
내가 시려도 너는 따스해져라.

그래, 차라리 너는
영영 어여쁘기만 해라.

사 랑 같 은 추 억 이 어 라 .

빛바랜 것들

어제는 중고 서점에서 이미 가지고 있는 책이지만 낡은 헌책이 있는 걸 보고 구매했다. 나는 세월이 묻어 있는, 종이가 누런 책이 좋다. 고향에 전집으로 있는 책들도 헌책으로 가끔 사곤 한다.

바랜 책을 처음 쥐었을 때가 언제인지 모르겠지만, 내 기억 속 첫 책은 도종환 시인의 《접시꽃 당신》이다. 어머니가 젊었을 때 읽던 책인데, 누렇게 바랜 종이 사이로 납작하게 마른 네잎클로버가 나왔다. 그 바람에 신이 나서 온 집 안의 책장을 뒤진 기억도 있다. 두세 개쯤 찾았다. 하여간 그 책을 하도 아껴서 군대까지 들고 가 사물함에 넣어두곤 했는데, 제주에 산다는 선임 하나가 빌려 가서는 바다를 건너버렸다. 보내준다고 하고는 이제 수년이 지났으니 강산마저 변했겠다.

성수 사거리에 동료 작가들과 카페를 열기로 계획할 때도 만장

일치로 가게 한가운데에다가 책으로 탑을 쌓아놓기로 결정했는데, 나는 그 책들이 빛바랜 헌책이었으면 했다. 어느 곳에서 온지 모르는 책, 사랑하는 누군가가 품에 쥐고 살던 책들. 어떤 책의 첫 페이지에는 내가 태어나기도 전에 쓰인 짧은 편지가 있었고, 어떤 책은 누군가의 생일 선물이기도 했다.

빛바랜 것들을 사랑해요.
바래져도 어여쁠 수 있다고
말하거든요.

내가 쥐고 살아가는 문장들 중에는 이런 문장이 있다. 내가 사랑하는 친구의 문장이다. 친구는 나를 어떻게 생각할지 모르겠지만, 수년 전 이 글을 처음 읽었을 때부터 그 친구는 내 마음에서 떼어놓을 수 없는 친구가 됐을지도 모르는 일이다.

헌책 한쪽 귀퉁이를 잡고 차르르 펼칠 때 나는 농익은 종이 냄새가 좋다. 누렇게 변한 종이 위에 꿋꿋하게 박혀 있는 검은 글자들이 대견하다. 새것 같은 헌책들 사이에서 누런 책을 처음 쥐었을 때, 바랠 수 있는 사람이 되고 싶다는 생각을 했던 걸지도 모른다.

거짓말

내가 아주 어릴 적에 집에는 동전을 모으던 저금통이 있었다. 그 시절의 나에게는 꽤 커다랬던 빨간색 돼지 저금통. 저금통이 무거워질 때쯤에는 돼지 배에 있는 뚜껑을 열어 흔들었다. 백 원짜리와 오십 원짜리는 다시 넣어두고 오백 원짜리 하나를 주머니에 넣었다. 그 돈으로 피아노 학원 앞 작은 슈퍼에서 군것질거리를 사 먹곤 했다. 이가 썩을까 평소에는 많이 먹지 못하는 단것들. 어쩌다 오백 원짜리가 두 개 떨어진 날에는 초콜릿이나 젤리 같은 것으로 주머니를 채우고 오락기 앞에서 시간을 보내기도 했다.

그날은 내가 오락기 게임으로 피아노 학원 친구들을 다 이길 수 있을 만큼의 오백 원짜리 동전이 떨어졌다. 정신없이 게임을 하다 노을이 질 때가 다 되어서 자리에서 일어났다. 돌아오는 길에 주머니에 남은 초콜릿을 까서 먹었다. 해가 지고서야 집에 돌아온 나는 집에 들어서자마자 무릎을 꿇고 손을 들어야 했다. 아마 저금통 뚜껑을 닫는 걸 깜빡했을지도 모르는 일이다. 부모님이 학원 끝나고 어딜 갔냐고 물어 친구들과 놀다 왔다고 했다. 오락기가 놀이터가 되고, 입에 묻은 초콜릿은 친구가 준 것이 됐다.

거짓말은 다음 거짓말로 가는 계단이 되고, 계단은 올라갈수록 좁아졌다. 어린 나는 어느새 너무 높이 올라와 있었지만, 거짓말을 할 때마다 되물음이 이어졌다. 높아져만 가던 계단에서 굴러 떨어진 그날 나는 많이 울었고, 그다음부터는 저금통에 손을 대지 않게 됐다.

바보 같은 말이지만 요즘은 그때가 그립다. 거짓말은 무조건 나쁜 것이라고 배우고 그렇게 생각하던 때. 선생님이든 부모님이든 내 거짓말에 되물어주던 때. 요즘은 거짓말을 해도 아무도 되물어주지 않는다. 애써 장난처럼 말하면 정말 장난인 줄 알고, 괜찮다고 말하면 정말 괜찮은가 보다 하고 지나간다. 거짓말은 사실이 아니라서 말하기 전까지 생각해야 할 게 많은데, 아무도 되물어주지 않아서 마음속에 남는다. 아무도 높아지는 거짓말 계단에서 떨어뜨려주지 않아서 올라갈수록 좁아지는 계단을 오르기만 한다.

거짓말은 나쁜 거라면서 혼내는 대신 말없이 안아주는 건 힘든 일일까. 언제쯤 내가 이 계단에서 굴러떨어져 거짓말하는 버릇을 고치게 될까. 어쩌면 모두가 거짓말을 하느라 남이 하는 거짓말에는 신경 쓸 겨를이 없는 걸지도 모른다. 다들 괜찮은 하루를 살아내느라 바쁜가 보다.

나는 오늘 또 거짓말하는 사람이 제일 싫다고 말했다.

선택한
배움

많은 걸 알고 있다고 생각하다가도 한 발짝 조금만 틀면 시야가 완전히 달라져, 새로운 풍경에 놀란다. 낯선 풍경 앞에 서면 아무것도 몰라 막막해지기도 하지만 알아갈 것이 많다는 생각에 설레기도 한다.

사람은 보고 듣는 모든 것을 통해 학습한다지만, 능동적으로 배우고 싶은 게 있을 때 정말 행복한 삶이 아닐까. 어릴 적엔 스스로 배우고 싶은 것들을 찾기도 전에 정해진 과정대로 배움을 강요받았고, "사람은 죽을 때까지 배워야 한다."라는 말에 진저리를 치기도 했다.

그렇지만 오늘은 동그란 탁상 앞에 초등학생인 나를 앉혀놓고 '가, 갸, 거, 겨'를 쓰시던 할머니가 생각났다. 맞벌이하는 부모님 덕에 방학마다 부모님이 퇴근할 때까지 할머니 댁에서 시간을 보냈던 나는 종종 할머니께 한글을 가르쳐드리곤 했다. 나이가 들어 기억력이 예전 같지 않다고 웃으며 연신 고맙다고, 미안하다고 하시던 할머니는 요즘은 성경책도 곧잘 읽으신다. 오래전 기억이지만 연필을 꼭 쥔 할머니의 눈에서는 빛이 났던 것 같기도 하다.

본가에 계시는 어머니는 어떤가. 20년 넘게 군무원으로 일하시다 퇴직하신 후로는 취미로 자전거를 배우셨다. 중년에 자전거를 새로 배우기가 쉽지 않았을 텐데, 어떤 바람이 들어서였는지 넘어지고 또 넘어지면서도 기어코 자전거를 배우셨다. 그러고는 값이 꽤 나가는 산악자전거를 끌고 몇 년째 매일같이 산이며 바다며 어디든 나선다. 몇 번의 사고가 있었고 몇 차례의 수술을 받았지만, 자전거를 탄 어머니의 미소를 보면 그저 조심히 타시라는 말밖에 할 수가 없다. 수년 전 학교 운동장에서 자전거를 연습하던 어머니는 얼마 전 당신 몸집만 한 자전거를 끌고 유럽 횡단을 하고 오셨다. 하얗게 눈이 덮인 산을 배경으로 팔을 벌리고 한껏 웃고 있는 어머니는 행복해 보였다.

죽을 때까지 배우면서 산다는 말은 거짓이 아닌가 보다. 오늘 나는 성수동에 동료들과 함께 차릴 카페의 답사 차원으로 카페를 몇 군데 들러 음료를 마시고, 카메라를 들고 헌책방 거리를 걸었다. 또 처음으로 사람들 앞에 서서 강연할 이야기를 다듬고 있다.

어머니와 할머니를 떠올린 오늘, 나는 수십 년 뒤 어떤 일을 하면서 행복한 웃음을 짓게 될까 궁금해졌다. 분명한 사실 하나는 지금의 내 삶은 배움이 있어 행복하다는 것. 아직도 무얼 하고 싶고 배우고 싶은지 찾지 못한 이들도 많은 세상에서, 알고 싶은 것이 생겼다는 사실만으로도 큰 행운일지 모른다. 시야에 자꾸만 다른 풍경이 들어온다면 곁눈질로만 훔치지 말고 걸음을 살짝 틀어보는 것도 좋다. 스스로 행복해지기 위해서 말이다.

파도

계단을 오르지 않아도 되는 맨 아래층에 작은 방이 있다.

창이 북향이라 햇살이 들지 않는 대신 사람 소리가 든다. 그렇지만 밤에는 혹여 사람이 들이닥치지 않을까 걱정해야 한다. 그 작은 방은 어떤 마음을 닮았다. 내 방에 누가 들어올까 사람을 무서워하면서도, 낮은 곳에서 사람의 곁에 있고 싶어 한다.

파랗던 지난날의 너에게도 꼭 그랬지. "비는 가장 낮은 곳에 고인대." 우산 아래서 네가 중얼거렸다. 어떤 말을 할까 고민하다가 우산을 고쳐 잡고는, 나는 낮은 곳에서부터 너를 사랑하고 싶다고 말했지. 수면 위로 떠오르지 않는 너울 없는 마음까지도. 아래로 잠기어 밖을 보지 못하고, 내 방이 온통 너로 들이차게 된다 하더라도.

그 말을 듣고 웃어 보이는 네 모습은 푸르렀다. 대양의 수많은 모서리 중 내가 가보지 못한 바다를 몇 군데 골라서 건네는 듯했다. 내 말이 네 중얼거림에 대한 대답이 될 수 있었는지는 아직도 의문이지만, 그날은 피서라도 온 아이마냥 걱정 없이 너에게 젖었다.

지금 내 방은 퍽퍽하기 그지없지만, 그런 날도 있었다. 오늘은 비가 오는 것 같다. 창이 깊어 빗소리는 잘 듣지 못하더라도 바깥 공기와 인접한 화장실은 계절에 따른 날씨의 변화를 곧잘 따라 한다. 게다가 비가 오는 날이면 천장에서 빗물이 샌다. 분명 이 건물의 어딘가 망가졌거나 부실한 탓이겠지만, 나는 그럴 때면 내가 꼭대기 층에 사는 듯한 착각을 한다. 낮은 곳에서부터 너를 사랑하고 싶다 말하곤, 당장에 치는 네 수면 위의 파도가 모두 나의 것이기를 바랐던 것처럼.

오늘 같은 날 화장실에서 세수를 하거나 머리를 감을 때면 목이나 어깨 언저리에 물방울이 떨어진다. 처음에는 놀랐고, 나중에는 짜증이 났다. 또 요즘은 괜히 웃게 된다. 파도는 더 깊은 곳에서부터 오는 것임을 모르고, 파도의 결이 싫어 물장구를 치던 아이가 생각나서. 그러다가 괜히 거울을 더 오래 보게 된다. 파도에 옷이 젖어 색이 짙어진다.

그런 것

사랑은 그런 것.
돌멩이 하나에 파도처럼 넘실대다가
바닥이 드러난 호수처럼 먹먹하기만 한 것.
입 모양 하나에 오르락내리락하다가
흐르는 눈물에 퍼석하기만 한 것.
기쁨도 슬픔도 세상 전부인 양
있는 대로 부풀려지다가도
저 갈 때는 애초에 없었다는 듯
있던 감정마저 남겨놓지 않는 것.

이미 떠나간 사랑은 그런 것.

허물어지다

나에게 기대란
허물어진 나에게서 새어 나오는
방심의 한 모습 같은 것이었다.

아끼는 풍경의 냄새나
고리타분한 취향,
두 볼을 자주 저리게 하는 웃음이나
차분한 목소리 같은,
나를 섣불러지게 하는 몇 가지.

때마다 돌아오는 실망은
허물어진 자리의 빈 곳을 메꾸고
애잔히 끓는 속마저 식히기에 충분했다.

혼자 조급했던 걸음도

이제는 굳어버린 입가도

다른 누군가의 것이 아니다.

당신 것이 아니다.

그러니 당신은

미안해하거나 우쭐해하지 않아도 된다.

기대도 실망도 내 것이었다.

모 두 가

　　　　허 물 어 진　내　탓 이 다.

길치

이사 온 지 얼마 되지 않았을 때의 일이다. 무작정 서울살이를 해보자고 올라와서는 집값이 가장 싼 곳에 방을 얻게 됐다. 처음 상경을 한 사람들이나 고시 준비를 하는 학생들이 많이 사는 동네란다. 그래서인지 내가 살던 곳보다 물가가 터무니없을 정도로 쌌다. 면 요리라면 사족을 못 쓰는 내가 집 앞에 칼국수 가게를 보고 '굶어 죽을 일은 없겠다.' 생각할 정도였으니까. 커피 한 잔 값이면 내가 좋아하는 칼국수가 두 그릇이었다.

외출을 한 뒤에 집으로 돌아오려면 지하철역에 내리고 나서도 십몇 분 정도 버스를 타야 했는데, 처음에는 집 근처까지 올라오는 버스가 있는 줄도 모르고 한참 아래서 버스에서 내려 또 얼마를 걸었다. 집으로 올라오는 고개인지 언덕인지를 오르고 있자면, 오래전부터 이곳의 집값이 싼 이유에 숨 가쁜 오르막길이 분명히 한몫했을 거라고 생각하곤 했다. 문제는, 오르막의 가파른 경사야

오르면 그만이지만 길이도 만만치가 않았다는 거였다. 무엇보다 내가 길치라는 사실이 훨씬 고질적인 문제였다.

지금은 주변의 지리도 알게 됐고, 가보지 않은 골목들을 산호초를 들락거리는 물고기마냥 쏘다니기도 하지만, 처음에는 어떻게 된 일인지 이놈의 골목들이 좀처럼 개성이란 것이 없어 보였다. 헥헥거리며 엇비슷한 골목들을 오르다 '이 원룸촌을 지을 즈음에는 대리석 무늬 타일에 어중간한 로마네스크 양식을 쓰는 게 유행이었나 보다.' 같은 시답잖은 생각을 하다 보면 우리 집이 있는 골목을 지나치기가 일쑤였다. 5분이면 도착할 거리를 20분이나 걸려서 도착하곤 했다.

길을 몇 번이나 헤매다 결국 골목이 눈에 익고 나서야 나도 붕어가 아닌 사람이구나 싶었다. 노란 간판의 와플 가게가 보인다

면, 아직까지는 오른쪽으로 걸을지 왼쪽으로 걸을지 선택해도 된
다. 글씨체가 같아 원망스러웠던 '주차장'이란 표지판들도 묘하게
글자 간격이 달랐다. 한참을 걷다가 허름한 피자집이 보이면 너무
온 것이니 뒤돌아가야 한다.

지나치면 돌아갈 수 없는 보금자리도 있었다. 한참을 지나치다
네가 눈에 익고 나서야 나도 사람인가 싶었다. 어느 방향으로 갈
거냐고 묻는 와플 가게는커녕, 어서 돌아서 가라는 전단지가 너덜
너덜하게 붙은 피자집도 없었다. 나는 다른 골목을 걷는데도 지난
거리의 네가 자꾸만 눈에 익는다. 너에게 돌아가는 길이 멀고 말
고 하는 것보다, 내가 길치라는 게 훨씬 고질적인 문제였다.

나는 다른 골목을 걷는데도
지난 거리의 네가 자꾸만 눈에 익는다.

보고 싶어, 가을

내가 사는 작은 방 찬장에는 버리지 않는 고양이 사료가 있어. 요즘엔 이사를 생각하고 있는데, 집을 옮기면서 다른 식료품들은 다 버리더라도 그 고양이 사료는 챙길 것 같아.

나는 이 동네가 참 좋지만 말이야, 지하철역까지 가는 데만도 버스를 한참이나 타야 한다는 게 쉬운 일은 아니더라고. 이곳에서 몇 해를 보내면서 정도 많이 들었고 좋은 기억도 많아. 골목 구석 마다 여전히 아끼는 추억의 장면들이 살고 있고.

처음 이곳에 와서 좋다고 생각했던 건 고양이 때문이었어. 길고 양이. 전봇대나 헌 옷 수거함엔 길고양이를 보호한다는 전단지 같은 게 붙어 있고, 버스에서 내려 집까지 걸어올 때면 길고양이와 눈인사를 몇 번이나 해야 하는 동네였거든.

눈을 마주치면 나를 경계하는 듯 저만치 멀어지다가도, 다시 돌아보면 몇 발짝 뒤에서나 낮은 담벼락 위에서 나를 빤히 보고 있는 고양이. 그럴 때마다 나는 고양이가 놀라지는 않을까 발소리를 죽이고 다가가선 부지런히 눈을 깜빡여봐. 천천히. 이게 고양이식 인사라던데, 맞는지는 나도 잘 모르겠어. 그럼 보통은 쭈그려 앉아 있는 내 앞으로 와선 딱 팔 하나 뻗으면 닿을 만큼의 간격을 내어주곤 어슬렁거려. 애간장 타는 일이지. 개중엔 슬쩍 다가와 다리에 몸을 부비는 아이들도 있는데, 그런 날에는 들뜬 마음을 애써 누르고 조심히 만져보기도 하고 사진을 찍기도 했어.

있잖아. 얼마간 인사인지 대화인지 모를 무언가를 나누다가 다리가 저려 찌뿌둥한 몸을 일으키면 고양이들은 먼저 떠나. 제가 먼저 자리를 뜨려고 했다고 말하려는 듯이. 애초에 가던 길이라도 있었던 것처럼. 건물의 좁은 뒤편으로, 주황색 벽돌담 너머로, 길 건너의 자동차 아래로.

비 오는 날 전봇대 밑에서 혼자 울며 떨고 있었대. 내 손바닥보다 작은 새끼 고양이가. 비좁은 종이박스에 담겨 나에게 왔지. 회색 털 사이로 희끗희끗 보이는 하얀 털이 어쩐지 더 추워 보이더라. 이름을 가을이라고 지었어. 막 시원한 바람이 불기 시작하던 때였거든. 그리고 어쩐지 좀 따스한 기분이 들지 않아? 노을이라든가, 주황색, 낙엽 이런 것들이 떠오르는 계절이잖아.

발견한 이에게 듣기로는 2주 전쯤에 태어났을 거라고 하더라고. 8월 20일. 멋대로 생일도 만들어줬어. 나 혼자 사는 좁은 방이 고양이집이라든가 화장실, 모래, 사료 같은 처음 보는 것들로 한껏 비좁아졌었는데. 아직은 너무 어려서 안 된다지만, 조금 더 크면 줄 거라며 캔이나 팩에 담긴 간식들도 사뒀는데.

방석보다는 솜이불을 좋아했고, 고양이집보다는 겨드랑이 사이에서 잠드는 걸 좋아했는데. 잘못 뒤척이면 큰일이라도 날까 봐 굳은 몸으로 새근거리는 숨소리를 들으면서 잠을 청했는데. 의사 선생님이 죽을병이라더라. 모래에 피가 섞이고 먹은 걸 자꾸만 토해내는 게 다 죽을병에 걸려서라더라. 한 달이 다 되어서도 내 손바닥보다 커지지 못하고 걷다가 걷다가 쓰러지는 게 다 죽을병에 걸려서라더라. 바깥에서는 2주밖에 안 있었으면서 어디서 그런 걸 달고 왔어. 이제 겨우 바깥에 있던 시간만큼이라도 곁에서

따뜻하게 해주려고 했는데. 아직 가을이 채 오지도 않았는데. 그
날은 왜 몇 번이나 옆으로 데려와도 아무 냄새 없는 고양이집으로
갔을까. 심장이 멎을까 부들거리는 엄지손가락을 딱 그만한 가슴
팍에 대고 얼마나 울었을까. 손에 열이 많아 네가 차게 느껴지는
거라고 몇 번이나 억지를 부렸을까.

가을아. 지금 내가 사는 동네엔 고양이가 많아. 이곳 어디쯤 너도 있을까. 너도 저 아이들처럼 가던 길이 있었던 것뿐일까. 아직도 찬장엔 유통기한이 지난 밀가루와 통조림 사이에 네게 주려던 간식이 있어. 나는 그걸 두고도 편의점에 들러 소시지를 사 들고 다녀. 가을아. 여긴 능소화가 피기 시작했대. 가을이 머지않은가 봐. 너는 겪지 못한 다음 계절로 가 있는 걸까. 거긴 조금이라도 더 따스했으면 좋겠다. 말하진 못했지만 나는 네 덕분에 따스했거든. 이제는 떨지 않았으면 좋겠다. 보고 싶어, 가을.

외투 속
가을

가로수의 은행잎이 채 떨어지지도 않았는데
나무 아래를 지나는 사람들은
두터운 외투를 꺼내 입었습니다.
가을이 채 가지 않았는데 겨울을 찾습니다.

함께 들으려 골라둔 조용한 노래가
요즘 날씨에도 어울리는 건 썩 다행입니다.

기다렸던 가을은 스치듯 지나가지만
나는 다음 계절이 와도 개켜지지 않는
가을의 옷가지가 되겠습니다.

추위가 가시고 나면 봄인 듯 머무르는,

당신에게 오래 머무는 계절이 되고 싶습니다.

외투 속 가을이고 싶습니다.

깍지

함께 걷다가 문득 둘의 발걸음이 꼭 같아 서로를 보고 웃었죠. 손가락 사이사이가 꽉 차게 된 건 아마 그때부터일 거예요.

아버지가 젊었을 적 입었던 오래된 코트를 처음 입던 때처럼, 당신 손은 오래전부터 내 손에 꼭 맞도록 정해져 있었던 것 같아요. 아직 겨울이 오지 않았는데도 자꾸만 손이 가고, 좀처럼 벗을 수가 없네요.

손에 낀 깍지 대신 서로의 가을을 한 꺼풀씩 벗겨내었더니, 평소에 잡던 손의 반대편 손을 당신 등 뒤에서 잡게 됐고, 온몸으로 깍지를 끼게 됐어요.

저무는 눈꺼풀 위에 얼굴을 대었더니 당신의 부드러운 눈썹이 내 속눈썹을 간지럽히네요. 꼭 맞는 두 얼굴의 굴곡을 가만 느끼고 있다가 행여 당신이 깨지는 않을까 가만히 웃습니다. 깍지라는 건 빠져나가게 막지 않아도, 맞대고 맞물리는 것만으로 충분한 거였나 봐요.

우리 함께 겨울을 나지 않을래요?
이제는 당신과 시간으로 깍지를 끼고 싶어요.

내가 말없이 기대면, 그냥 아무것도 묻지 않고
안아줬으면 좋겠다. 밤이 많이 추워졌다고,
그 한마디로도 나는 계절을 잊을 텐데.

끝끝내

눈이 좀 오나 했더니 해가 지나가네요.

요즘은 어떤 마음으로 하루를 견디나요.
놓고 싶은가요, 붙잡고 싶은가요.

거리에는 휘황찬란한 불빛과
웃으며 사진을 찍는 사람이 많네요.

그 위로는 한겨울 끝끝내
떨어지지 않는 낙엽들도 있네요.

그걸 알아줬으면 해요.

나는요, 우리가 끝끝내
행복하기를 바라요.

낙화

없던 홍조가 볼에 오르는 계절이면 호주머니에 넣었던 손을 뺄게. 그럼 너는 내 손을 잡아줘. 그렇게 잠깐 걸을까. 내 손이 네 손금을 이해하려 할 때쯤에는 몸을 살짝 떨어야겠다. 그건 안아도 괜찮다는 말이야.

취기에 체온이 오른 걸까. 어수룩한 농담을 한다. 붉은 동백은 흰 눈 속에서 피는 걸 아느냐고, 하얀 얼굴에 오물거리는 네 입술이 꼭 개화 직전의 동백을 닮았다고. 동백은 활짝 핀 채 통꽃으로 떨어진다고 하더라. 그럼 망설이지 말고 지금 키스를 할까.

눈이 녹을 만큼 입김이 덥혀졌다. 여기 고작해야 한 평 남짓한 눈밭이 있다. 검은 밤 속 침대는 희고, 눈밭 속 우리는 붉다. 너에게 만개한 나를 떨어뜨리고 싶다.

당신밖에 모른다는
핑계로

계절이 지나고 나서야
사랑이었던 순간이 왜 이리도 많나.

내리는 눈은 멎은 지가 한참인데
구석에 쌓여 왜 녹지를 않나.

당신밖에 모른다는 핑계로
나는 왜 당신조차 몰랐나.

오래 상하지 않는
반찬

"일어났니? 그래, 아침은 먹었고?"

"나 원래 아침 잘 안 먹는 거 알잖아요. 그리고 이제 막 일어났는데 뭘."

보통은 해가 하늘 꼭대기쯤 뜰 때가 다 되어서야 이불을 아무렇게나 걷고 일어난다. 혼자서 식사를 챙겨 먹는 일이 잦아졌다. '잦다'라는 말로 끝내도 될 만큼 혼자 살게 된 기간이 길어졌지만 글쎄, 좀처럼 익숙해지지가 않는다. 가끔은 밖에 나가서 사 먹기도 하고 집에서 배달음식을 시켜 먹기도 한다. 당연한 말일지도 모르지만, 나는 혼자 차려 먹는 식사를 좋아하지 않는다. 1인용 혹은 2인용의 작은 탁자 다리를 펴고 바닥에 앉는 기분이 싫다. 어제저녁에 앉힌 밥을 퍼내 밥그릇에 담고 냉장고에 있는 반찬 몇 개를 접시에 옮겨 담는다. 그러곤 바닥에 앉아 내 앞에 차려진 밥상을 본다.

하얀 쌀밥. 언제 만들어졌는지 모를 마른반찬과 김치, 장아찌. 하나같이 짜고 오래 상하지 않는 음식들. 분명 '집밥'인데도 집밥 같은 기분이 들지 않는다. 질지도 되지도 않은 하얀 쌀밥은 왜 이렇게 밍밍한 맛인지. 이런 날은 잡곡이 들어간 밥은 질린다며 흰밥이 먹고 싶다 툴툴거리던 내가 미워지기도 한다. 그러고 보니 혼자 살고 싶어 하던 어릴 적에 어떻게 라면이 질릴 수가 있겠느냐며 호기롭게 소리치기도 했던 것 같은데. 이제 라면은 잘 사두지도 않는다.

"많이도 먹는다. 넌 어떻게 그렇게 먹어도 살이 안 쪄."

대학 시절 나를 알게 된 친구들은 내가 퍽이나 많이 먹는 사람인 줄 알고 있다. 따지자면 맞는 말이기도 한데 정확히는 '먹을 수 있을 때' 많이 먹는 거다. 하루에 한 끼 정도 밖에서 하는 식사나

술 안줏거리를 위장에 꾹꾹 눌러 담아놓으면 집에 돌아와서도 늦은 밤까지는 그리 허기가 찾아오지 않는다.

5년이 넘도록 혼자 살면서 얻은 요상한 식습관은 고기와 채소, 나물을 사족을 못 쓸 정도로 좋아하게 됐다는 거다. 말라비틀어졌거나 시큼하지 않은 싱싱한 반찬들. 어금니로 꽉 물었을 때 흐르는 육즙의 맛이나, 코 뒤쪽까지 올라오는 흙냄새가 섞인 향취는 좁아터진 방 안의 작은 탁자 위에서는 좀처럼 느끼지 못하는 것이니까.

기분 탓일까. 전보다 술을 더 자주 마시는 것 같기는 하지만. 매일같이 가야 할 곳이 없어지고, 매일 사람을 만나지 않아도 되는 요즘에는 밖에서 사 먹지 않고 나 자신을 위해 저녁을 차려주기도 한다. 냉동실에서 생기를 잃을 고기 몇 점과 일주일 정도 냉장고

에 있다 말라비틀어져 음식물 쓰레기봉투에 버려질 쌈 채소 따위
를 골라 담아 집에 돌아오기도 한다.

세상에 나온 모든 아들과 딸에게 묻고 싶다.
오늘 저녁은 잘 먹었는지. 맛은 있었는지.
그래 잘살고 있는지.

이별

사랑에는 순서가 없었다. 달이 마음에 찰 때는 온 밤하늘을 끌어안고 들어왔다. 너의 어떤 것이 좋아서 너를 사랑하기보다, 너를 사랑해서 너의 어떤 것이 좋았다. 네 입꼬리에 나를 걸어두고 하늘을 보면, 주변의 별들이 눈에 들어왔다.

손잡고 걸으면 고개를 돌리게 만드는 네 보폭이 좋았고, 뒤에서 안으면 걱정이 없어지게 하던 네 머리칼의 향이 좋았다. 가슴팍에 너를 품으면 그 앞으로는 너와 걸어가고 싶은 길이 보였다. 나는 그간 너무 바쁜 곳에 살아서, 하늘에 별이 그렇게나 많은 줄은 몰랐다.

너의 어떤 것이 좋아서 너를 사랑하기보다,
너를 사랑해서 너의 어떤 것이 좋았다.

잠든 너의 헝클어진 머리를 베개 옆으로 넘겨두곤 별을 세는 일을 사랑했다. 발이 차다며 이불을 끌어내려주는 네 감긴 눈에 입을 맞췄다. 별이 하나 떴다. 살결이 닿을 때마다, 숨결이 섞일 때마다, 별이 하나씩 떴다.

이별에는 이해가 없었다. 온 하늘에 매달아놓은 별들을 두고 달은 저 혼자 졌다. 사랑에는 순서가 없었지만, 잊는 것은 달랐다. 네가 남겨둔 별을 하나씩 지운다. 오늘은 휴대폰 배경화면을 바꿨다. 내일은 사진첩에 들어가볼까.

이제 이 별에서,
한낮에 살기에는 별이 너무 많다는 걸 알아버렸다.

진밥

비가 오는 날에는 밥이 유독 질다. 얇은 쇠숟가락이 잘 들지 않는다. 숟가락 아래까지 들러붙은 뭉개진 밥알들을 입에 넣는다. 몇 번 씹지도 않고 금세 넘기게 된다. 목구멍에서 헛바람이 나온다. 사레가 들렸나 보다. 천천히 먹으라고. 체한다고 봐줄 사람은 없다고. 이제는 내가 나를 달랜다.

입 밖으로 나온 밥알 몇 개를 주워 담다가, 비를 쏟았다. 창을 닫고 불을 꺼도 비가 온다. 다행히 창밖이 시끄럽다. 접이식 탁자를 침대 밑에 내려두고 눕는다. 젓가락 하나가 침대 밑으로 들어갔다. 아무래도 상관이 없다. 어차피 내일은 구름 한 점 없이 맑을 거란다. 된밥은 잘 넘기지를 못한다.

이면지

학창 시절 나는 학원을 많이 다니지는 않았지만 한 학원을 꽤 오래 다녔다. 그곳은 수학과 영어, 국어는 물론이고 시험 기간에는 기술과 가정 따위의 비주류 과목까지 모두 가르쳐주는 곳이었다. 나는 그곳에서 많은 것을 배우고 여러 사람을 만났다. 아마 같은 계절을 몇 번쯤 겪었던 것 같다.

당시 내게는 이상한 취미가 하나 있었는데 그건 이면지를 모으는 일이었다. 쪽지 시험을 보거나 수업 때문에 지문을 인쇄하거나 하면, 그 끝에는 항상 한쪽 면만 깨끗한 이면지가 산더미처럼 쌓였다. 그럼 그걸 죄다 버릴 순 없으니 산수 문제를 풀 연습장 대신이나 영어 단어를 외울 용도로 다시 학생들에게 나눠주곤 했는데, 나는 그걸 모으는 걸 좋아했다.

그것도 딴에는 기준이 있어서 아무 종이나 모으는 건 아니었다. 남몰래 좋아했던 여자아이의 이름이 적힌 시험지라든가, 아이들이 수업은 듣지 않고 끄적인 쪽지가 빼곡한 종이라든가, 낙서라고 할 수 없을 만큼 아주 잘 그려진 예술작품이 남아 있는 종이라든가. 그런 것들이 단지 이면지로 쓰이고 버려지는 게 싫었나 보다. 지금은 그것들이 다 어디로 갔는지 알 길이 없지만, 나는 그 종이들이 오롯이 그 모습으로 남아 있기를 바랐다.

　　나와 몇 번의 계절을 함께한 네가 생각난다. 봄에는 내게 글이 되고 싶다고 말했던 너는, 겨울에는 내게 글이 되고 싶지 않다고 말했다. 네 말에 앞면이 빼곡하게 쓰인 종이를 뒤집었다. 새하얀 종이 너머로 뒤집힌 기억들이 흐릿하게 비친다. 너도 알겠지만 나는 네 말은 듣지 않던 사람이라 펜을 들었다. 뭐라도 끄적여보려 손을 들었다가 저 흐릿한 글씨마저 이제는 볼 수 없을까 다시 내려두었다.

　한참이나 흰 종이 위에 손때만 묻히다가, 지나간 사랑은 그런 걸까 한다. 어렴풋이 보이면서 쓰다듬지도 못하는 흐린 글씨. 뒤집지 못하는 이면지가 가슴 한쪽 구석에 무던히도 쌓였다. 읽지도 쓰지도 못하는 기억이 많다.

그마저
사랑

사랑 속에 여러 감정이 있다고,
감정인 양 꿰차고 들어앉아 있다고
그마저 사랑인가요.

안절부절못하며 자신마저 제대로
돌보지 못하게 하는 게 사랑인가요.

관심과 집착 사이, 배려와 의무감 사이에
머무는 건 정말 시간뿐인가요.

데워지지 않는 주전자를 붙잡고
불만 때는 게 사랑인가요.

눈이 쌓이는 자리

눈 쌓인 길을 걷다 묘한 기분이 들어 왔던 길을 되돌아 걸었던 적이 있다. 무엇 때문이었을까. 무언가를 보고 어떤 생각을 했던 것 같은데, 두리번거리며 내가 밟았던 눈 발자국을 다시 밟았다.

내 발자국이 다른 발자국과 섞여 어떤 것이 내 것인지 모르게 되었을 때쯤 걸음을 멈췄다. 벽에 쌓인 눈 때문이었다. 경사라고는 없는 벽에 눈이 꽤 높이 쌓여 있었다. 벽에 붙여둔 타일 틈 위로 하얗게 눈이 쌓였다.

낮부터 눈이 꽤 내리기는 했지만, 그 모습을 보고 가슴이 저렸다. 길 위에 누가 있는 것도 아닌데 누군가 내게 말을 건네는 듯했다. 아주 작은 틈이면 된다고, 손톱만큼의 틈이어도 괜찮으니 꾸준히 내리는 눈이면 된다고. 이제 돌아서 가던 길을 마저 걸어도 된다고.

노력이 보이지 않아 불안한 날들이 많았을지라도 보이지 않는 좁은 곳에서 이만큼이나 쌓이고 있다고. 외투를 여미고 다시 앞으로 걸었다. 그날은 산책이 조금 길어졌지만, 혼자서 걷는 길이 외롭지 않았다.

혼자 걷는
길

함께 걸을 때 길이 험난하다고 생각했던 곳이 있었다.
품에 안긴 채 기대 걸어도 발을 몇 번이나 헛디뎠었고,
어떤 날은 운이 좋지 않아서인지
발목을 접질리기까지 했으니.

오늘은 곁에 기댈 곳도 없이 그 길을 걸었다.
우습게도 기억 속에 험한 길로 남았던 곳이
기억만큼 험하지가 않다.

길이 고르지 않고 움푹 팬 곳이
몇 군데 있기야 했지만
주의를 조금만 기울이면
크게 신경 쓰지 않고 걸을 수 있었다.

삶의 무게를 오롯이 내 다리에 싣고

가끔 아래를 살피며 걸어야 하겠지만

나는 분명 전보다 덜 비틀거리고 곧게 나아갈 수 있게 됐다.

혼자라서 더 잘 걸을 수 있었다.

환기

노크 한 번 없이 벌컥 삼킨 사랑이었습니다. 그러곤 비좁은 단칸방을 채운 습기가 가시기도 전에 뛰쳐나간, 헐떡임만 남은 사랑. 당신의 날숨을 채 걸러내지 못한 숨을 뉘어놓고, 닫힌 문 앞에서 오래 들썩였습니다. 기척 없는 문고리를 몇 번이나 눈물로 끌어내렸습니다. 이불을 둘러쓰고 사랑한다, 사랑한다 말하다가 일어나서 창문을 열었습니다. 눅눅한 숨을 뱉어낸 방이 좁은 창을 통해 못내 호흡합니다. 건조한 공기는 시리다가 이내 괜찮아졌습니다. 이불을 개키고 사랑했다, 그래도 사랑이었다, 말해봅니다.

몇 번의 노크가 있었습니다. 문을 열며 사랑한다 말하던 당신이, 이제 기척만 하며 보고 싶답니다. 잘 지내라던 사람이, 잘 지냈느냐고 묻습니다. 그럭저럭이라 답하면, 괜찮다니 다행이다, 다시 답합니다. 잊을 만하면 똑똑, 열어젖히던 문 앞에서 노크만 합니다. 아쉬움이라는 감정에 절박함을 기대한 내가 바보 같습니다. 미련도 사랑이라 믿고 싶었습니다. 당신이 말하는 사랑에는 여전히 사랑 대신 헐떡임만 남았을 텐데.

겉마음

사랑해야지.

사랑을 해야지.

겨울날 주머니에 손 하나 어색하지 않을 만큼.

1인용 침대에 사람 하나 시리지 않을 만큼.

목소리 없는 어느 밤에도 기꺼이 잠들 수 있을 만큼.

그보다 더한 마음이 사랑이라

앞에서 서성이면 두말하지 않고 뒤돌아야지.

돌아서서 고개 숙이고 내달려야지.

사랑해야지.

사랑을 해야지.

나를 더 사랑해야지.

외로움이 낯설지 않을 만큼.

사람에 베여도 아프지 않을 만큼.

사랑
해야지.
●
사랑을
해야지.

아홉의
마음

집으로 돌아가는 버스의 속도가 느려진다. 자연스레 시선이 멈춘다. 매번 별다른 생각 없이 지나던 동네 마트였지만, 오늘은 이상하게 눈에 거슬리는 무언가 있다. 밀감이 한 상자에 구천구백 구십 원. 대단한 할인이라는 듯 큼지막하게 입구에 걸어놓은 숫자.

구백 원은 그렇다 하더라도 구십 원은 무얼까. 하루가 저물고 사람들을 내려놓은 버스가 다시 움직인다. 이상하다. 오늘은 길가에 아홉이 많다. 버스가 돌아서는 골목 호프집의 옛날 통닭이 육천구백 원, 끼니가 번거로이 느껴지던 날 종이돈 구겨 쥐고 가던 국숫집의 국수가 삼천구백 원, 그러고 보니 점심으로 먹었던 햄버거 세트가 오천구백 원이었던가.

아홉은 어떤 의미일까. 실은 그다음에 오는 숫자나 크게 다름이 없는데도 자릿수를 꽉 채우지 않고 머무른다. "이렇게 좋은 구성이 십만 구천구백 원!" 어렸을 적 친구들과 티브이에 나오던 홈쇼핑 광고를 따라 하며 장난을 치던 기억이 떠오른다. 아홉, 뻔뻔한 숫자 같지만 또 그걸 보는 사람은 속내를 알면서도 굳이 따져 묻지 않는 숫자. 익숙해져 밉지 않은 숫자.

사람이 가지고 살아가는 마음도 꼭 그렇다. 자주 아홉에 머물러 있곤 한다. 가득 찬 마음이 아니라는 걸 알면서도 모두 그렇게 살아가는구나 하며 지나가기도 한다. 채우고 싶지만, 그랬던 적도 있지만 그게 잘되지 않는 마음이랄까.

누구나 아홉의 마음을 가지고 살아간다.

하나만 비워두고서,
하나를 채우지 못해서.
누군가 그 하나만 채워주기를 바라면서.
가끔은 누군가의 하나가 되기도 하면서.
그 렇 게 들   살 아 간 다 .

곱슬머리

보통의 남자가 외출하기까지 준비 시간이 얼마나 걸리는지는 모르겠지만, 나는 아마 평균보다는 오래 걸릴 것이다. 샤워가 끝나면 머리를 바싹 말려야 한다. 손에 에센스를 덜어 머리에 골고루 바르고 머리를 말린다. 젖은 머리칼을 말리는 동안에는 열이 오르도록 고데기를 켜놓아야 한다.

열이 오른 고데기를 손에 대보곤 정수리 언저리를 쓰다듬는다.

'벌써 머리를 할 때가 됐나 보다.'

부스스, 인위적으로 빳빳하게 펴져 있는 머리칼의 뿌리가 제멋대로 꼬아져 있다. 세 달을 넘기지 않고 꼬박꼬박 미용실에 가서 머리를 곧게 펴도 새로 나는 모양은 이 꼴이다. 게다가 그렇게 쉬지 않고 머리를 잡아당겨대니 펴놓은 머리마저 결이 곱지 못해 매일 아침마다 새로 만져야 한다.

곱슬머리. '곱슬머리'라는 부드럽고 동글동글한 단어로 설명하기에는 그 정도가 심하기는 하다. 나는 선천적인 악성 곱슬머리를 타고났다. 타고났다고 하기에도 애매한 것이, 태어났을 때는 이러지 않았는데 초등학교를 졸업할 때쯤부터 이상하리만치 머리칼이 꼬이기 시작했다. 고백하자면 이 곱슬거리는 머리는 내가 어머니에게 물려받은 모습 중 유일하게 좀처럼 사랑할 수 없는 것이기도 하다.

책이 많은 방. 책장에는 몇 번 펴보지도 못한 백과사전과 세계문학전집, 오래된 동화책과 위인전 따위가 채워져 있다. 책상 끄트머리에는 때 이른 문제집도 쌓여 있다. 펑펑이었나 엉엉이었나, 지금 기억으론 엉엉이 더 어울리는 것 같다. 열다섯 살쯤 된 아이가 제 방 책상에 가만히 엎드려 울다가, 문을 벌컥 열고 거실로 뛰쳐나와선 티브이를 보고 있는 어머니에게 울먹이며 소리 지른다.

"엄마는 날 왜 이렇게 낳았어?"

이 한마디가 세월에 박혀 얼마나 제 가슴을 찢을지도 모르고,
10년이 넘게 지나서도 울며 글을 쓰게 될 줄도 모르고. 그리 앙앙
소리를 지르다가 제 풀에 지쳐, 세상으로 나오기 전까지 발로 차
대던 배에 얼굴을 묻고 엉엉 운다. 엉엉 운다. 티브이 소리가 들리
지 않을 때까지, 무슨 일이냐고 묻는 어머니의 목소리가 들리지
않을 때까지. 머리를 울려대는 웅얼거림이 들리지 않을 때까지.

나는 고등학교 이전의 기억이 몇 없다. 지금은 그렇게 됐다. 몇
해 전까지만 해도 내 삶에서 가장 잊기 힘든 기억들이었지만, 양손
가득 압정 같은 기억을 쥐고 살 순 없는 노릇이라 모른 척 길가에
툭툭 던져버렸더니 이제는 몇몇 장면만 머릿속에 겨우 남아 있게
됐다.

생활기록부 한쪽에 적힌 말을 빌려보자면 나는 활달하고 명랑한 아이였다. 밝거나, 활달하거나, 생기가 넘치거나. 그 나이 또래 아이들의 생활기록부에는 담임 선생님이 인사치레처럼 적는 말이었을지도 모르지만, 어쨌거나 나도 그런 아이였다.

무엇 때문에 그 일이 시작되었을까. 잘 기억이 나지는 않지만 당장 떠오르는 장면 하나는 이렇다. 왼쪽 뺨이 얼얼해 두 손으로 붙잡고 있는 내가 있다. 고개가 돌아간 시선의 끝에는 콧잔등에 얹혀 있던 네모난 뿔테 안경이 교실 맨 뒤에 있는 사물함 앞까지 날아가 있다. 교실의 아이들이 볼까 봐 울지는 않았지만 눈물이 흘렀다. 그날은 내 어머니에게 아들이 그냥 길에서 넘어졌는데 뺨에 멍이 들고 안경이 부러진 이상한 날이었다.

이유는 잘 모르겠다. 아이들보다 살집이 있어서였거나, 외모에 관심이 없어 어머니가 사다 주신 줄무늬 옷을 입고 다녔기 때문이거나, 연필이나 펜 따위가 꽂힐 정도로 복슬거리는 못난 곱슬머리 때문이거나, 지나치게 밝고 명랑하게 웃었던 걸지도 모른다. 이 중 하나가 아니라면 이 모든 게 이유가 되었을지도 모르겠다.

학교에 가기 싫어졌다. 나는 언제부터인가 이름 대신 '철수'나 '세미'로 불렸다. 가장 먼저 나와 인사를 하던 친구들의 풀 죽은 표정을 보게 되었다. 별 탈 없이 지나다니던 복도나 책상 사이마다 걸려 넘어질 돌부리가 많아졌다. 온갖 대화가 오가는 그곳에서 하루 온종일 내가 하는 말이라곤 아니, 아니, 응. 반년이 넘도록 나는 아니, 아니, 응. 사람들은 알까, '왕따'나 '따돌림'이라는 단어가 현실에 비하면 얼마나 귀엽고 앙증맞은 말인지.

그런 이야기를 하고 싶은 게 아니다. 안경을 잃어버렸거나 시력이 나빠진 것 같다는 핑계로 안경원을 갔던 게 몇 번이나 되는지,

나를 죽도록 때리고 몸의 어딘가를 부러뜨린 친구의 이름은 무엇인지, 사람 없는 7층 아파트의 베란다 난간에 기대어 몇 시간 동안 아래를 내려다봤는지, 화장실 거울 앞에서 소리 없이 울면서 못난 나를 탓하며 얼굴과 머리칼을 쥐어뜯고 주먹질한 게 몇 번이나 되는지. 그런 이야기를 하고 싶은 게 아니다.

열다섯 살에 나는 말을 잃었다. 몸짓을 잃었다. 표정을 잃었다. 응이라고 하면 응, 아니라고 하면 아니. 나가라면 나가고, 들어오라면 들어가고, 웃으라면 웃고, 울라면 울고. 그 어린 나이에 나를 움직이고 말하게 하는 가장 큰 요소는 타인의 시선이었다. 하루의 끝이 삶의 끝이었으면 했던 시간들은 짧은 몇 문장으로 그치게 됐지만, 나는 지독한 강박을 안고 살아가게 됐다. 미움을 사지 않으려고 주변의 사소한 모든 것에 신경을 썼다. 생각은 많아졌지만 제대로 자신을 꺼내놓은 적이 단 한 번도 없었다. 내 말 한마디가,

사소한 몸짓 하나가 모두 나를 괴롭히기 좋게 만드는 핑계가 되었으니까. 떠다니는 수천 개의 생각을 두고도 나는 또 아니, 아니, 응. 나는 그때 나를 잃었다.

　나는 자주 거울 앞에 선다. 사면이 막혀 있고 넓은 거울이 있는 화장실은 아늑하다. 집에 사람이 없어도 화장실 문을 잠가둔다. 그러면 나는 안전하다. 나는 그곳에서 이미 멍든 팔을 반대편 손으로 몇 번 더 내려쳐보기도 한다. 갈비뼈가 아플 때까지 울어보기도 한다. 손가락으로 굳은 입꼬리를 당기며 웃는 연습을 해보기도 한다. 건너편에서 어색하게 웃고 있는 당신에게 손을 흔들며 인사를 건네보기도 한다. 대화를 시작하게 되었을 때를 대비해 경우의 수를 생각하기도 한다. 언젠가 문을 열고 세상 밖으로 나갈 나를 생각하면서. 나는 다시 사랑받을 수 있을까.

언젠가 문을 열고 세상 밖으로 나갈 나를
생각하면서.
나는 다시 사랑받을 수 있을까.

매일 아침 거울 앞에서 정수리 언저리의 머리칼을 쓰다듬다가 규칙 없는 굴곡이 느껴질 때면 잊고 싶은 장면들이 생각난다. 어느 장면에서든 나는 혼자 있다. 혼자서 울고 있다. 그 장면들이 지나가고 나면 거울 앞에 웃는 것도 우는 것도 아닌 표정을 하고 있는 내가 있다. 제법 자연스러워진 입꼬리를 볼에 붙은 근육의 힘만으로 끌어올려본다.

머 리 를 하 러 갈 때 가 됐 다.

내 뒤에 있던

사람들

집으로 돌아가는 길, 지하철에서 전화 한 통이 걸려왔다.

동생, 내 동생. 평소에 먼저 전화하는 일이 없는데 무슨 일일까.

"응."

"응."

"집에는 말했고?"

"그래."

"응."

"그래, 밥 맛있는 거 먹고, 잘 자고."

그날은 하필 혼자 사는 집에 혼자 있어서, 혼자 울었다. 아무도
듣지 않는데도 이불을 둘러쓰고 누구라도 들어달라는 것 마냥 몸
을 들썩였다. 동생은 입대 전 신체검사에서 정신과 7급 판정이 나
와 재검을 받아야 한단다.

내가 기억하는 어린 동생의 모습은 뾰로통한 볼을 가진, 욕심이 많고 잘 웃는 귀여운 아이였다. 유년기의 기억이 거의 없다고는 했지만 잊어서는 안 될 기억들도 있다. 길가에 내다버린 기억의 압정들. 살고 싶지 않다는 생각을 겨우 그만하게 됐을 때쯤 처음 뒤를 돌아본 것 같다. 내 뒤에는 발바닥에 피를 철철 흘리며 간신히 걷는 동생이 있었다. 웃음기 하나 없는 얼굴로. 온 마음이 주저앉을 수밖에 없었다. 얼마나 아팠을까. 나를 얼마나 원망했을까.

동생과 처음으로 둘이서 술자리를 가지게 된 건 동생이 성인이되어 내가 다니는 학교에 논술 시험을 치러 왔을 때였다. 학교 앞싸구려 뒷고기집에서 소주를 마시며, 동생은 10년이 지나서야 내게 그때 있었던 일들을 울며 털어놓았다. 나와 다섯 살 터울인 동생에게는 그게 채 열 살밖에 되지 않았을 때의 일이었다. 동생과의 첫 술자리에서 펑펑 우는 꼴이라니, 참 오래도 이 순간을 기다렸나 보다.

안다. 취기를 빌려 이런 말을 하는 게 얼마나 비겁한 짓인지를. 내 속 하나 후련해지자고 이해를 구하는 게 얼마나 구차한 짓인지를. 나를 죽이던 놈들이 이제야 찾아와 용서를 비는 것과 다를 바 없음을. 10년이 지났지만 동생도 나처럼 상처받았던 그때의 모습 그대로 굳게 되었다는 걸. 그런 일이 있었는지 몰랐다고 말하는 나에게 동생은 괜찮다고 말했지만, 진정 저 자신이 괜찮다는 뜻은 아니라는 것을.

동생과 다섯 살 터울이라고 하면 사람들이 꼭 하는 말이 있다.
"다섯 살 차이면 어릴 때 동생이 꼼짝도 못 했겠네."

나는 앞으로도 평생 그 말에 가슴 저리며 살아야 한다. 매번 같은 이유로 똑같이 울어야 한다. 무뎌져서는 안 될 아픔이 있다. 휴대폰을 바꿀 때마다 정리하는 사진첩에 절대 지우지 않는 사진이 있다. 지금 내 휴대폰 사집첩의 가장 위에는 천진난만하게 웃으며 노란 풍선을 쥐고 있는 어릴 적 동생의 사진이 있다. 동생이 보고 싶다. 평생 미안하고 사랑할 내 동생이 보고 싶다.

비밀

밤이 싫어지는 날에는
이름 모를 당신에게 안겨 잠들고 싶다.

다시 만나야 한다는 이유로
곁의 사람들에게 꺼내놓지 못하던
이야기들을 다 풀어놓고
눈물이 마를 때까지 울고 난 뒤
잠들고 싶다.

어리석은 욕심이 있다면
당신이 그 이야기를 듣고도
떠나지 않았으면 좋겠다.

희석

때로는 구석진 곳에 남은 찌꺼기를 비워내는 것보다
새로 채워 묽게 희석하는 게 나을 때도 있다.

희석된 낯선 곳에서 익숙한 냄새가 날 때도 있지만
그건 또 내 책임이겠지만, 그게 최선일 때도 있다.

그저 이 비처럼 억수같이 내리고, 쏟아지고, 그러다 보면
언젠가는 씻겨 나갈 거라고, 저 구석까지 잊힐 거라고.

비

소식

"그곳엔 비가 와? 여기는 비가 오지 않는데."

그 사람은 비도 아니고 꼭 비 소식 같았지.
들려오는 소식만으로도 생각해야 할 게 많았어.

설레는 마음인지 두려운 마음인지 생각하다가
나중에서야 그게 중요한 게 아니라는 걸 알았지.

중요한 건,
그 사람이 내게 올 수도 있다는 사실.

비 소식이 들려온 어느 날 아침에는
구태여 커튼을 걷고 하늘을 확인하지 않았지.
어떤 날에는 비 소식을 듣고도

일부러 우산을 두고 젖지 않는 신발을 신었지.

그 사람은 비도 아니고
꼭 비 소식 같았지.

보고
싶었어

　보고 싶었어. 너에게 '보고 싶어.'가 아니라 '보고 싶었어.'라는 말을 전할 때쯤에는, 너를 보고 싶어 하지 않기로 했거나, 이제는 너를 보고 싶어 하지 않아도 된다는 말이겠지. 보고 싶었어. 나는 언제쯤이면 네게 보고 싶었다는 말을 할 수 있을까. 언제든 네 생각이 툭 하고 삐져나와 있는 게 꼭 스프링이 빠진 볼펜 같아. 어차피 내 의지로 할 수 있는 건 없다는 말이야.

　요즘은 어디서든, 앉아서 멍하니 시간을 보내는 일이 잦아졌어. 눈길이 닿는 곳마다 기억의 실밥이 뜯어지곤 하는데, 그러면 낡은 인형 속의 솜마냥 네 생각이 삐죽 나와. 조금씩은 괜찮지 않을까. 집게손가락으로 살살 빼내다 보면 달달한 솜사탕 같은 기억은 금세 녹아버리고, 좁은 틈새로 나온 네 생각들이 내 시야를 덮곤 해.

그렇게 내 하루를 가리던 네 생각들이 밤하늘에 녹아들면 그런 생각을 해. 띄워놓은 구름 사이로 네가 떠오른다면 그만큼 근사한 밤은 없을 텐데. 오늘도 내 하늘에는 너 대신 달이 떴네. 보고 싶었어.

옅은
비

우산은 있으신가요.

오늘은 비가 소복소복 내리네요.

눈이 되지 못한 게 슬퍼 조용히 오나 봅니다.

나는 다만

사랑하는 만큼만 사랑하고 싶었습니다.

눈이 되지 못했던 사람이라

이제는 소리 없이 내리고

오지 않은 듯 멎습니다.

그래도, 오늘 같은 비는

맞아볼 만하지 않은가요.

느린
마음

요즘보다 전봇대가 조금 더 많았던 때가 있었다. 인터넷을 하려
면 컴퓨터를 켜야만 했다. 인터넷이 되지 않던 그때의 휴대폰은
사실 휴대전화라는 말이 더 어울렸다.

문자메시지는 지금의 손편지 같은 것이어서, 마음을 꾹꾹 눌러
담아 보냈다. 한 달에 몇백 통, 혹은 백몇 통. 마음 몇 자 적을 문자
메시지가 소중했다. 절절한 마음에도 흔한 메시지 숫자 하나가 달
라지 않아서 마음을 졸여야 했고, 보내는 곳과 받는 곳이 달랐던
메시지함은 관심의 여부를 점쳐주기도 했다.

지나간 것에 미련을 느끼는 이유는 단순히 지금과 다르기 때문
만은 아니지 않을까. 계절은 시간성을 갖지만 시간은 계절성이 없
어 한번 지나가면 돌아오지 못한다. 기억으로밖에 기억될 수 없는
것들. 투박하고 볼품없어서 나를 말랑하게 만드는 과거의 것들.

기술이 발달하면서 사람들 사이에 연락을 주고받는 일이 더 쉬워졌고, 모르는 이와 관계를 맺는 것도 어렵지 않은 일이 되었다. 하지만 사랑으로 가기 쉬워졌다고 해서 사랑이 쉬워져서는 안 된다. 미끄럽게 식은 액정을 괜히 꾹꾹 눌러본다. 해가 지날수록 겨울은 더 추워지기만 한다. 잠이 깨길 바라면서, 이마 위에 휴대폰을 올려두고 눈을 감는다.

끼니

요 며칠 날씨가 춥습니다. 바람이 촘촘해지니 느슨한 옷가지 사이로 추위가 듭니다. 몸을 부르르 떨어 추위를 내치려다가, 오늘은 묵혀두기만 했던 무거운 코트를 꺼내 입었습니다. 그렇게 멀리 나가려는 것도 아닙니다. 꽤 오래 끼니를 걸렀거든요.

간단하게 허기를 채울 수 있는 한 끼면 될 것 같습니다. 그래도 따뜻한 한 끼라면 좋겠습니다. 부족할수록 소중한 것이 떠오른다고, 이럴 때면 꼭 어머니가 해주시던 집밥이 생각나거든요. 익숙해지는 것과 즐기는 것은 다른 의미이겠지만, 혼자서 먹는 밥은 그런대로 익숙해졌습니다. 넷도, 둘도 아닌 혼자서요.

오랜만에 목적 없는 걸음을 걸어보기도 합니다. 이끌어야 하는 손도, 따라나서는 걸음도 없습니다. 분주한 거리에 놓인 벤치에 앉아도 보고, 기다리는 사람도 없는데 괜히 성급하게 걸어도 봅니다. 그렇게 무언가 해보려고 노력하는 산책이 끝나면 그때는 그저 걷습니다. 오른발이 나가면 왼쪽 무릎이 접히고, 왼발을 디디면 오른발이 들립니다. 그렇게 오래 걷습니다.

두꺼운 코트를 꺼내 입고, 식사로 배를 채웠는데도 여전히 춥고 허기진 것 같습니다. 추위에는 옷을 껴입고, 허기에는 끼니를 때웁니다. 외로움에는 어떨까요. 끼니처럼 사랑으로 때우면 되는 것일까 생각하다가, 주머니에 손을 넣었습니다.

이번 겨울은 많이 춥다지만, 따스했던 지난겨울의 끝이 많이 시렸던 터라 올해는 반대로 살아낼 만도 한 것 같습니다. 돌아서는 길이 낯설지 않습니다. 많이 외로웠을 당신을 생각합니다.

모서리

카페나 식당에 가면 가장 안쪽 자리를 먼저 살핀다. 매장의 복판이나 벽을 따라 길게 늘어진 자리도 좋지만, 꼭 구석진 모서리 자리를 찾고는 한다. 벽과 벽이 맞닿는 모서리는 장소의 한가운데나 벽과 달리 공간을 활용하기가 어렵다. 인테리어를 구상할 때나 가구를 배치할 때 특별히 유념해야 하는 곳이기도 하다.

모서리는 어떻게 꾸며지고 다듬어지는가에 따라서 '아늑한 곳'이 되기도 하고 말 그대로 '구석진 곳'이 되기도 한다. 한 뼘의 공간도 효율적으로 사용해야 하는 상업적인 장소에서 모서리는 대개 아늑하게 꾸며져 있다.

내 마음에도 방이 있다면 너는 어디쯤의 모서리에 자리하고 있을까. 이제는 지나간 시간의 모서리가 구석진 곳이 되어버려서 나는 너를 생각하는 것일까. 나는 그런 모서리에 오래 머물고 싶은

가 보다. 아무것도 하지 않고 기억의 구석구석을 닦는다. 온종일 너를 생각한다. 그런 날에는 아무것도 하지 않는 것이 아니라, 아무것도 할 수가 없다. 이제 내 삶에 너는 없지만, 네가 있었던 내 구석진 마음은 부디 아늑한 곳이기를.

오래 머물고 싶은 곳이기를.

당신

아침엔 짧았던 밤의 안부를 묻고
빰 맞댈 저녁을 기다렸으면.

오후엔 입가를 닦아주면
귀여운 미소를 볼 수 있단 걸 알았으면.

걷는 걸 좋아하니 쌀쌀한 가을밤에는
손에 겉옷 하나 쥐고 만났으면.

내가 없는 곳에서도

사 랑 하 고 , 사 랑 받 는   당 신 이 었 으 면 .

첫눈

꽃집에 가서 새하얀 꽃이 뭐가 있느냐고 물었어. 오늘은 첫눈이 왔거든. 집을 나오기 전 내다본 하늘이 뿌옇더니 첫눈이 왔네. 내리는 모양새가 저녁쯤에는 쌓일 것 같아 꽤 설렜는데, 생각보다 금방 그쳐버렸어. 마음 급한 겨울이 안부만 물으러 온 거였나 보다.

설렌다. 그러다가 애틋해진다. 짧게 보는 것일수록 애틋하다. 첫눈이 설레는 건 눈에서 비가 될 수밖에 없었던 계절의 기억 때문일까. 언젠가 봤던 클리셰투성이의 연속극 때문일까. 오늘 같은 날은 손을 잡고 있고 싶다. 녹아내리는 눈보다 중요한 사실은 첫눈이 없는 해는 없다는 거라고. 그러니 애틋한 것에도 이렇게 함부로 설렐 수가 있다고.

밖에 나오지 않아서 눈이 온 줄도 몰랐다는 네게 나는 첫눈을 보여주고 싶었던 걸까. 아쉬운 마음에 눈을 내려주고 싶었던 것일

까. 하얀 소국과 안개꽃을 사 들고 집과 반대 방향으로 걷는다. 문
앞에서 종이와 펜을 꺼내 언 손으로 삐뚤삐뚤 글씨를 쓴다.

"오늘 첫눈이 왔어."

나는 자주 너에게 함부로 설렌다. 분명 우리가 애틋해지는 날도
진부한 클리셰처럼 찾아오겠지만, 지금은 서로에게 소복하게 쌓
이고 싶다. 나는 당신에게 첫눈이 될 테니, 당신은 함부로 설레어
도 괜찮다.

산봉우리

날씨가 많이 춥지. 나는 요즘 무릎 아래까지 오는 두꺼운 외투를 자주 입고 다녀. 기다란 옷을 입고 걷자면 걸을 때마다 옷 끝자락이 무릎에 닿아 펄럭펄럭, 꼭 바람에 날리는 깃발이나 커튼 같은 거 있지.

얼마 전에는 서울에 눈이 왔어. 내가 살던 고향에는 눈이 잘 안와. 대신 바다와 가깝고 봄에는 꽃향내가 그득하다. 물론 너도 알겠지만. 서울에 눈이 다섯 번쯤 왔을 때였나, 집에서 그제야 연락이 오더라.

첫눈이 왔다고. 첫눈이 뭐라고.

그래, 첫눈이 뭐라고 어릴 적 나는 그걸 그렇게나 기다렸어. 어린 내가 이 계절에 일어나서 가장 먼저 했던 일이 뭐였는지 알아? 찬 공기가 싫어 이불 속에서 한참이나 꾸물거리다가도, 번뜩 일어

나서 거실로 달려가 펄럭, 간밤 쳐져 있던 커튼을 걷곤 했어.

'오늘은 첫눈이 왔을까.'

그러다 창밖의 높고 낮은 아파트와 주택들 너머 산봉우리에 눈이라도 조금 쌓인 날에는 "엄마, 곧 첫눈이 오려나 봐요!"라며 온종일 신나 떠들곤 했지. 그러게, 눈이 뭐라고. 나는 요즘도 눈이 참 좋다. 너도 눈을 참 좋아했지. 너는 알까. 나는 요즘 종종 눈이 먼저 내린 산봉우리에 사는 듯한 착각을 해. 나는 요즘 자주 무릎 언저리에 눈을 두고 걸어.

펄럭, 펄럭.
내일은 네가 있는 그곳에도 눈이 올까.

내가
웃는 모습

평소엔 눈에 힘을 주고 다니지는 않는 편이지만 사진을 찍을 때는 눈을 좀 더 크게 뜨려고 해본다. 사진 속 눈동자에 하얀 빛 망울이 맺히면 어쩐지 기분이 좋아 보인다. 짝짝이인 입꼬리도 왼쪽을 더 끌어올려 균형을 맞춘다. 웃는 얼굴. 거북목이 심하니 고개는 좀 뒤로 빼고, 어깨도 펴고.

그다음 하나, 둘, 셋.

나는 이렇게 웃는다. 다른 사람들 앞에서는 내가 어떻게 웃는지 잘 모르겠지만, 카메라 앞에서는 이렇게 웃는다.

처음 휴대폰을 사고 내가 내 사진을 찍곤 하던 때에 나는 대구에서 타지 생활을 하고 있었다. 그래서 소식을 알리려 종종 내 사진을 가족 메신저 방에 올리곤 했는데 그때마다 어머니나 아버지가 하는 말이 있다. "아들 웃는 얼굴도 보고 싶네."

막상 웃는 얼굴을 찍자니 여간 어색한 게 아니었다. 어떡하면 더 자연스러워 보일까 고민하며 볼에 잔뜩 힘을 주고, 평소에는 잘 웃지 않는 눈도 애써 움직여본다.

처음 웃으며 찍었던 카메라에 담긴 내 모습이 어색하다 못해 안쓰러울 정도여서 괜히 혼자서 연습도 많이 했다. 그 후로는 웃는 사진을 곧잘 찍었던 것 같다. 요즘은 가족들도 내 SNS를 가끔 보고는 하는데, 도대체가 누굴 닮아서인지 나는 가족들에게 전화 한 통을 못 하고 대신 웃는 사진 한 장을 짤막한 이야기와 함께 올리곤 한다.

SNS에 내 사진을 자주 올리는 편은 아니지만 쌓여 있는 사진들을 둘러보면 어쨌든 웃고 있다. 좋은 일이 있었던 것도 아니고 그

다지 행복한 날이 아니었을지라도, 화면에 비치는 나를 보면 어떤
생각에 저절로 입모양이 얇아진다.

   평소에도 밖에서 이렇게 웃을지는 모르는 일이지만,
   나는 이 표정이 좋다.
   약간은 어색하게 굳어 있는 웃는 얼굴,
   부모님이 생각나는 웃음.

   "우리 아들 잘 지내고 있네."

커피

가게

아침이면 작은 입간판을 내어놓고 문을 엽니다. 입김을 불며 다시 들어와선 의자에 널린 어제의 흔적을 정리해 제자리에 둡니다. 간밤에 식은 공기를 덥히려 히터도 켜놓습니다. 꽤 큼지막한 녀석입니다. 자그마한 공간이지만 구석까지 따뜻했으면 했거든요.

크고 작은 의자도 여럿 놓아두었습니다. 보잘것없는 마음이지만 당신이 오셨을 때 꼭 앉을 자리가 있었으면 하거든요. 적당히 리듬감 있는 노래가 잔잔히 흘러나오고, 한쪽에는 하얀 커튼이 따스한 바람에 흔들립니다. 읽기 좋은 책도 몇 권 가져다 두었습니다. 물론 제 취향이지만요. 어쨌거나 저와 참 닮은 곳이라는 생각을 합니다.

어제 씻어둔 잔을 닦고 첫 잔의 커피를 내립니다. 이제는 커피를 마실 줄 아는 것뿐 아니라 커피를 내리기도 합니다. 맛도 꽤 구분할 줄 알고요. 이것저것 만들 줄 알게 됐습니다. 시간이 그만큼

이나 흘렀네요. 요즘도 추운 날에 차가운 커피를 마시나요? 이곳
은 썩 따뜻합니다.

생각보다 여러 사람이 다녀갑니다. 눈인사만 하고 종이컵에 커
피를 담아가는 사람도, 두엇이 와서 도란도란 이야기를 나누다 가
는 사람도 있습니다. 가끔은 혼자 와서 한참이나 앉아 있다가 가
는 이도 있습니다. 책을 읽는 사람도, 엎드려 곤히 조는 사람도 있
네요. 저와 닮았다는 생각에 괜스레 다가가 이야기를 걸어보기도
합니다. 제 마음에 들러준 사람의 이야기를 듣습니다.

요즘은 커피를 잘 마시지 않나요. 오늘도 오가는 인사 중에 당
신은 없었네요. 아니면 우리는 이렇게나마 만나기도 어려운 사람
인 걸까요. 찾아갈 곳을 몰라 오늘도 오지 않는 마음을 쓸고 닦습
니다. 내일은 당신이 오실까요. 저는 요즘 커피를 내립니다.

크고 작은 의자도 여럿 놓아두었습니다.
보잘것없는 마음이지만 당신이 오셨을 때
꼭 앉을 자리가 있었으면 하거든요.

끝겨울

기다리지 않아도 봄은 오잖아요.
처음부터 오기로 정해져 있었으니까.
그래도 사람들은 봄을 기다리네요.

겨울에게는 미안한 말이지만
좋아해서 그래요, 좋아해서.

나는 기다리지 않아도 되는 것들을
몇 가지 알고 있어요.
계절과는 반대의 이유일 수 있지만요.

가까운 기다림은 설레는 일이고
먼 기다림은 애틋한 일이래요.
좋지 않은 기다림은 없다는 말이에요.

기다리지 않아도 될 걸 기다려요.
좋아해서 그래요, 좋아해서.

또 겨울이 가겠어요.

행복은 생각보다 가까운 곳에 있다는 걸 알았으면.
당신이 어떻게 지내건, 누구와 지내건 주변의 사소한 일들에
당신이 꾸준히 웃을 수 있기를. 부지런히 행복하기를.

다행스런
하루

어느 날에는 창밖으로 보이는 모습이 그림이나 액자 같다는 생각이 들 때가 있습니다. 창으로 보이는 풍경이 마침 마음에 들어차는 날에는 아름다운 미술 작품을 감상하듯 벅찬 마음으로 그 앞에 서 있는 걸 좋아합니다. 매력적인 그림이지 않은가요.

절경이라고 말하기엔 좀 그렇지만 내게도 괜찮은 풍경이 보이는 창 하나가 있습니다. 굳어버린 물감처럼 어느덧 액자가 되어버린 기억 속으로 구름이 날아들기도 하고, 하늘이 붉게 물들기도 합니다. 비가 오는 날에는 채도가 아주 낮아지기도 하고, 눈이 오면 온통 새하얀 그림이 되기도 합니다.

그렇지만 나는 그곳의 공기를 마실 수도 없고, 옷이 젖을 일도 없으며, 눈밭에서 뒹굴 수도 없네요. 추억은 액자 속에서 굳어졌지만, 그것으로 다행이라고 생각합니다. 대개 창은 안에서 밖을 내다보기 위한 것이니까요. 내가 지니고 살아가는 창 또한 당신을 향한 여러 창 중 하나일 뿐일 테니까요.

또 그것이 바닥까지 닿은 문이 아니라 창문이어서 다행이라는 생각도 합니다. 창문을 통해 나가려면 생각해야 할 것들이 많거든요. 창을 열면 엉망으로 번져버릴 그림을 생각합니다. 오늘은 노을이 조금 짙겠네요. 오늘도 추억의 창이 닫힌 채로 무사히 지나갑니다. 아끼는 그림을 잃지 않은 것을 하루의 위안으로 삼습니다. 당신에게도 부디 다행스러운 하루이기를 바랍니다.

낭만

얼마 전 택시에서 반쯤 졸며 집에 가고 있는데 라디오에서 그러더라. 남쪽에서는 벌써 매화가 피기 시작했다고. 그게 일주일도 넘은 일이니까 이제 활짝 핀 곳도 꽤 많겠다. 꽃은 기다리지 않아도 피더라고, 기다리지 않은 적은 없지만.

살면서 피기를 기다리는 꽃 이름 몇 가지쯤 간직하고 살아간다는 건 꽤 낭만적이지 않니. 그럼 또 너는 낭만이 무어냐고 비죽 웃겠지만. 사실 그 덕에 이렇게라도 살고 있지 않니. 오늘은 바람이 좋다.

한
시절

가끔은 어렸던 시절을 핑계로
너를 그리워해보기도 한다.

그때의 네가 없다면 그때의 내가 있을까.
내 한 시절이 너일 수 있어 고맙다.
내게도 그리워할 만한 때가 있어 다행이다.

아주 가끔 그립다.
그때의 내가, 그때의 네가.

두
가지

당신을 사랑하게 된 것과
당신을 사랑하지 않게 된 것.
당신에 관하여 어쩔 수 없었던 두 가지.

이유라고 할 것도 없으면서
맨발로 낯선 골목을 헤집으며
이유를 찾으려 했던 두 가지.

실은 기뻐할 것도 슬퍼할 것도 아니었던 일.
그것도 모르고 오래 울고 웃었던 일.
이제는 없었던 일.

때 되면 켜지는 가로등처럼

주제 모르고 계속 떠오르는 일.

그것마저 어쩔 수 없는 일.

무관심

무관심은 주는 것도 받는 것도 아닙니다. 관심은 있는 걸 알리지 못해 안달이지만, 언제 어떻게 당신에게 전할까 오래 생각하지만, 무관심은 그렇지 않습니다. 무관심이란 무언가 있는 것이 아니라, 관심이란 게 없는 것이어서 그렇습니다. 애초에 전할 것이 없다는 말입니다. 내게 도통 무관심한 당신에게 나만 관심이 있는 상태라면 그건 꽤 슬픈 상황일 겁니다. 그리고 당신의 무관심은 대개 내가 먼저 알아챕니다.

우리는 따로 흥미가 생기지 않는 한, 주변의 사물들에 무관심한 채로 살아가고 있습니다. 그런데 사람과 사람 사이의 무관심은 어째서 이렇게 서릿발처럼 찬 느낌이 들까요. 같은 '인간'이기 때문일까요. 다른 생물들보다 우리는 닮은 점이 많은 생물이어서 그럴지도 모르겠습니다. 그리고 당신께 마음을 갖게 된 순간 '나와 많이 닮은 사람이구나.' 하고 홀로 생각했을 수도 있겠죠.

혹은 억지로라도 마음속으로 당신을 저와 닮은 사람으로 만들었을지도 모릅니다. 당신도 나와 같은 생각일 거라 착각하고 싶어서. 그렇지 않다면 동질감 때문에라도. 자신과 닮았다고 생각했던 사람의 무관심은 한순간 한 사람을 세상에서 가장 외롭게 만들 수도 있습니다.

당신의 무관심을 떠올릴수록 봄이 저에게서 자꾸만 달아납니다. 생강차를 끓여야겠습니다.

울다가
웃으면

유난히 많이 우는 아이였던 것 같다. 그런 말을 들으며 자랐다. 아니, 어릴 적에는 누구나 다 많이 우는 걸까. 내가 엉엉 울고 있으면 누군가 와서 내 얼굴 앞에다 대고 우스꽝스러운 표정을 짓곤 했다. 그러면 나는 웃음을 참지 못하고 눈가에 눈물을 주렁주렁 단 채로 까르르 웃음을 터뜨리곤 했는데, 그럴 때면 어른들은 '울다가 웃으면 엉덩이에 뿔이 난다.'라는 말을 하곤 했다.

아주 자그마한 아이일 때는 정말 엉덩이에 뿔이라도 날까 무서웠던 적이 있었던 것 같은데, 조금 자란 후에는 그런 말을 들어도 아랑곳하지 않고 웃는 얼굴로 입술을 비죽거리게 됐다. 언제부터인가는 아무도 내게 그런 말을 해주지 않았다.

어른들은 왜 아이들에게 그런 말을 했던 걸까. 어찌 됐든 간에 어른들도 아이들처럼 울고 웃으며 그렇게 살아가고 있으면서. 지금은 그 당시 어른들의 나이가 된 나도 결국에는 아이들과 다름 게 없이 산다. 전보다 우는 일도 웃는 일도 적어졌지만, 똑같이 울다가 웃다가 하면서 살고 있다. 아니, 어쩌면 전보다 더 많이 울다가 웃다가 하면서 산다. 겉으로 웃고 속으로 울면서.

그러니 앞으로는 구태여 겉으로 웃지 말고 애써 속으로 울지 말자. 다들 울다가 웃다가 하면서 살아가고 있으니까. 어른들도, 누군가의 어머니도, 아버지도. 누구에게도 뽈 같은 건 없으니 우리 조금만 더 솔직해지자.

지나가는
사람

지나갈 인연은 지나가게 되어 있다. 멋모를 적 내게 머물던 예전의 누군가도, 내 등을 토닥이는 지금의 누군가도. 스쳐갈 사람은 결국에 스쳐 지나간다.

남을 사람은 알아서 남는다는 게 아니다. 앞으로도 내 곁에 있어주었으면 하는 사람이 있다면, 소중한 사람이 있다면 앞뒤 재지 말아야 한다. 모두가 저마다의 속도로 저마다의 길을 걷고 있으니 뜸하더라도 안부를 묻고 삶을 나누어야 한다.

요즘 따라 바쁘다거나, 원래 그런 사람이라는 흔해 빠진 핑계보다는 잘 지내느냐는 흔해 빠진 안부가 낫다. 그러니 이 글을 읽고 생각나는 사람이 있다면 괜히 머쓱해질 만큼 흔한 인사를 건네보는 건 어떨까. 요즘 어떻게 지내느냐고.

핑계 뒤에 숨어 살다가는,
당신도 결국 지나가는 누군가가 되어버릴지도 모른다.

스쳐갈 사람은
결국에 스쳐 지나간다.

훌륭한
가식

"훌륭한 가식이 뭐라고 생각해?"

"그건 갑자기 왜?"

"수업 과제야. 내가 가진 훌륭한 가식은 뭔지 생각해 오래. 근데 가식이 훌륭한 게 어디 있어. 가식은 다 안 좋은 거잖아."

친구 하나가 가게에 찾아와선 옆자리에 나를 앉히고 대뜸 묻는다. 며칠을 생각해도 답이 떠오르지 않아 머리가 아프단다. 평소에 졸업할 나이가 한참 지나서도 학교를 다닌다며 투덜대더니 결국 나에게까지 불똥이 튀었다. 그러고 보니 생각해본 적 없는 단어들의 조합이다. 훌륭한 가식이란 뭘까. 잠깐 앉아서 생각을 하다가 다시 묻는다.

"가식을 네 겉모습이라 치면, 사람들이 그게 네 진짜 모습이라고 여길 만큼의 가식을 말하는 게 아닐까?"

얼굴에서 다른 곳엔 변화가 없이 눈썹만 움찔거린다.

그러곤 이내 눈을 끔뻑. 아이고.

"따지자면 빈틈없는 거짓말 같은 거 말이야. 네 주변의 사람은 너를 어떻게 생각할까? 너는 다른 사람에게 어떻게 보이고 싶어?"

"음, 나는 밝은 사람이야. 밝은 척을 잘해. 항상 긍정적이야. 나는 사람들이 내게서 밝은 기운을 얻어가는 게 좋아."

내 물음이 끝나기가 무섭게 답이 돌아온다. 친구 주변의 많은 사람들이 알고 있는 평소 모습이다. 어쩌면 물음과 답의 시간 차 만큼이나 그녀의 거짓말에는 빈틈이 없는 걸까. 별안간 마음이 저릿하다가 궁금한 게 생겼다.

"그래서 네가 얻는 건 뭐야?"

"사람들과 쉽게 친해지고, 사람들은 나를 편하게 대해줘. 나랑 같이 있으면 즐겁대."

아마 그렇겠지. 그건 애초에 거짓말의 목적이었을 테니까. 행동으로 인한 타인의 반응이기 이전에. 그녀의 거짓말이 여태 별 탈 없이 성공해왔다는 말이겠지.

"그것 말고. 그건 네 훌륭한 가식으로 인한 단편적인 모습이잖아. 나는 그게 쌓여서 너 자신에게 어떤 영향을 주는지 궁금하다는 거야."

눈꺼풀과 함께 눈썹을 조금 찌푸린 채로 그녀는 찬찬히 대답한다.

"그러게, 그러네. 사실 나는 내 속마음을 말할 곳이 없어 힘들다? 나는 원래 한없이 어두운 사람이거든. 내 마음은 저 바닥 끝에서 살아. 그런데 사람들은 모두 나를 밝은 사람으로 알아서 솔직한 모습을 드러내기가 힘들어. 요즘은 울고 싶은 날이 많아."

문득 거울을 앞에 두고 이야기하는 기분이 들었다. 나는 어떤 말을 해줘야 할까. 아니 어떤 말을 할 수 있을까. 지금 내가 어떤 표정을 짓고 있는지 짐작이 가지 않는다. 얼굴 어느 곳의 근육이 얼마나 수축되어 있는지 도무지 느껴지지 않는다. 어쩌면 이 친구의 표정과 같을까. 괜히 다른 테이블로 시선을 던졌다가 손목을 두어 번 돌린다.

"듣고 보니 그래. 네가 말한 것처럼 좋은 가식은 없나 보다. 어쩌면 가식은 훌륭할수록 스스로를 아프게 하는 게 아닐까? 밝은 모습을 연기하는 데 좀 어설퍼져보는 건 어때. 지금 곁에 있는 사람들은 처음엔 네 밝은 모습을 보고 가까워졌더라도, 결국은 네가 좋아서 남아 있는 거니까. 쌓여가는 관계에서 네가 더 이상 아프지 않으려면."

대화가 그녀의 작은 난제에 도움이 됐을지 모르겠다. 그녀를 돌려보내고 높은 바 의자에 걸터앉아 생각한다. 다행히 손님이 많지 않다. 세상의 다른 이들은 어떤 가식을 가지고 살아갈까. 다만 내가 힘들지 않으려면 가식 같은 건 조금 어설퍼도 되지 않을까.

내가 아프지 않을 만큼만
웃을 수 있기를.

신발 끈

어릴 적엔 새 신을 사면 어머니가 어찌할 줄 몰라 하는 내 앞에 앉아 신발 끈을 묶어주곤 하셨어요. 그땐 복잡해 보이는 리본이 어찌 그리 쉽게 내 신발 위에 놓이는지 신기했나 봐요. 뛰어놀다 신발 끈이 풀리면 냉큼 어머니에게 달려가서 신발 끈을 묶어달라고 조르곤 했거든요.

그때마다 어머니는 나무라지 않고 다시금 신발 끈 묶는 방법을 알려주곤 하셨어요. 두 줄을 동그랗게 말아서, 보통의 매듭처럼 묶으면 된다고. 그러면서 꼭 한 번 리본을 푸는 모습을 보여주시곤 했는데, 풀리는 건 또 얼마나 쉽게 풀리는지. 처음 리본을 풀어봤을 때가 언제인지 기억은 나지 않지만, 한동안 가시지 않는 여운을 남긴 건 분명해요. 줄 한 가닥만 살짝 당기면 스륵, 하고 풀려버리는 걸요. 잘못 밟기라도 하면 하나였던 리본이 두 줄이 되어서 길 잃은 나비처럼 날아다녔죠.

완전히 신발 끈을 묶고 풀 줄 알게 되고 난 후에는 제자리에 앉아 몇 번이나 신발 끈을 만지작거린 적도 있어요. '이렇게 쉽게 묶이고 풀리는 걸 그렇게 어려워했다니.' 같은 생각을 하면서요.

나는 이제 운동화보다는 구두를 더 자주 신고, 신발 끈은 얼마든지 혼자서 묶을 수 있지만요. 그런 생각을 하곤 해요. 어린 날 내게는 가장 큰 난제였던 발등의 신발 끈처럼, 지금 우리도 각자의 신발 끈을 앞에 두고서 끙끙대는 건 아닐까 하고요. 실은 줄 한 가닥 당기면 되는 일인데, 그걸 아직 모르고 있는 게 아닐까 하고요.

그럼 신발 끈이 풀린 채로 뛰놀고 있는 아이가 생각나서 웃음 짓곤 해요. 발등에 나비 두 마리를 매달고 뛰노는 아이요. 여러분이 지금 어떤 매듭을 마주하고 있고, 어릴 적 신발 끈을 묶게 되기까지 얼마만큼의 시간이 걸렸는지는 모르지만, 우리는 이제 모두 신발 끈을 묶고 풀 수 있는 사람이 됐잖아요. 그러니 이렇게 생각해보기로 해요. 오늘의 우리는 걱정 대신 신발 끈이나 한번 풀었다 묶어보고, 오늘도 한 발짝 나아가면 되는 거라고.

너대로

가로등을 그 기둥 바로 아래 서서 바라본 적이 있다. 몇 걸음 뒤에서 그렇게 밝아 보이던 가로등도 막상 그 아래는 어둡다. 겉보기에 밝은 등일수록 꼬여 죽는 벌레가 많은가 보다.

사람도 살아가면서 저마다의 빛을 가지게 된다. 빛을 가지게 되기까지 저마다 쌓아온 시간이 있고 고충이 있다. 그렇지만 그 아래에 서보지 않고서야 검게 쌓인 응어리를 보지 못하니, 온전한 이해를 바라지는 말아야지.

다가와 보지도 않고 밝아 보이는 모습에 샘을 낸다면 빛만 보고 들러붙는 벌레와 다를 게 없다. 주변을 겉돌다가 부딪쳐 타죽을, 네 안에 쌓이지도 못할 그런. 그러니 너는 너대로 빛나며 살면 된다.

같은 세상을
살아가는 사람들

처음으로 동생과 여행을 갔을 때의 일이다. 동생이 학생일 때부터 내가 조르고 졸라, 첫 책이 출간되고 몇 달이 지났을 무렵에야 가게 되었다. 헤매는 걸 좋아하는 내가 어쩐지 동생과의 여행에서만은 헤매고 싶지 않아 예전에 가봤던 전라도로 여행을 떠났다. '내일로'라는 이름의 기차표를 끊으면 한 달이 넘는 기간 동안 기차를 자유롭게 타고 여행할 수 있어서 서로가 가보고 싶은 곳을 골라 함께 다녔다.

휴대폰으로 유행하는 포켓몬 게임을 하며 동생의 사진첩 속 노란 '피카츄'를 잡기도 하고, 커다란 용을 잡으러 가파른 언덕을 함께 내달려 올라가기도 했다. 그곳에 가면 꼭 먹어야 한다는 것들을 앞에 시켜놓고 함께 술잔을 기울이기도 했다. 대화가 없던 사이에 운을 띄우는 것이 자연스러워졌고, 동생이 어떤 사람인지 조금이나마 알게 됐다.

여행 마지막 날에는 다시 순천에 들러 사이 게스트하우스라는 곳에 머물렀는데 그곳에서 내 책을 보게 됐다. 데스크에 있는 책을 보고 묘한 기분이 들어 책을 들고 한참이나 쳐다보고 있었다. 예약을 받을 때 내 메신저 프로필을 봤을 수도 있겠다 싶었는데, 오래전에 산 듯 책이 꽤 낡아 있었다. 누군가의 손에 들려 읽힌 걸까.

"이거 내 책인데?"
"어, 그러네."

동생도 신기하다는 표정으로 나와 책을 번갈아 본다.

"어라, 그거 제가 좋아하는 책인데. 빌려드릴까요?"

게스트하우스 예약을 받았던 직원이 다가와서 말을 건넨다. 어안이 벙벙해서 얼마간 그를 쳐다보다가 말한다.

"이 책, 제 책이에요."
"네? 아뇨. 이 책, 제 책이에요. 테이블에 놓여 있지 않았나요?"
"아, 그게 아니고, 제가 쓴 책이에요."
"네?"

당분간 서로를 말없이 바라보다가 악수를 했다. 그날 게스트하우스에서는 술을 많이 마시지 못해 소주 몇 병과 맥주 두어 잔을 마셨고, 달을 좋아하는 대일이란 친구와 이야기를 많이 했다. 몇 가지 추억 덕에 여러모로 잊지 못할 여행이 되었고, 그는 몇 해가 지나서도 입대를 한다며 서울까지 찾아와서는 내게 인사를 하고 갔다.

돌아보면 책을 쓰며 가장 감사한 일은 나와 닮은 사람들을 만나게 되는 거였다. 주변에서, 그리고 때로는 나에게마저 외면당했던 생각들이 세상으로 나가 어떤 사람들에게는 마음에 새겨지는 문장으로 남기도 했다.

처음 강연을 다니기 시작했을 때도 혼자서 강연을 들으러 온 남자분이 있었다. 이야기를 하면서도 어쩐지 내 모습과 닮았다는 생각에 눈이 떨어지지 않았는데, 강연을 마치고 조촐한 술자리를 가지며 친해지게 되었다. 그렇게 만나게 된 성권이 형은 그땐 회사에서 디자인 일을 하고 있었지만, 지금은 회사를 그만두고 그림을 그리며 전업 일러스트레이터로 활동하고 있다.

"하도 가고 싶다고 졸라서 저까지 따라왔잖아요."

옆자리에 앉은 남자친구, 건이를 아이처럼 바라보며 내게 말한다. 강연에 오고 싶다고 조른 쪽이 여자분이 아니라 남자분 쪽이란다. 강연에서 만나게 된 또 다른 인연이다. 건이는 헤헤 웃으며 "저는 호주에 있을 때 한국 책을 못 사서 전자책으로 읽었거든요. 고맙다는 말을 하고 싶었어요."라고 말했다. 그런 말을 내 앞에서 해봤자 낯간지럽기만 한데, 나를 부끄럽게 만들 셈으로 한 말이라면 성공한 셈이다.

어떤 이는 '세아 씨'라고 불러야 할 만큼 어엿한 모습으로 찾아와선 "저, 학생 때부터 작가님을 알았는데 이제 성인이 돼서 강연을 들으러 왔네요."라며 뿌듯한 웃음을 지어보이기도 했다. 곁의 사람과 꼭 맞잡은 두 손에 어쩐지 내가 뿌듯해지기도 했다. 그날의 시간도 앞으로 오래 간직할 소중한 기억이 되겠지.

그들도 아마 이 책을 읽겠지. 나는 다만 고맙다는 말을 하고 싶었다. 내게 살아갈 이유를 보태줘서. 글을 쓰며 살아가는 것이 행복이 될 수도 있다는 걸 알려줘서. 삶이 아프지만은 않다고, 글 쓸 수 있는 것이 다행이라 여기게 해줘서. 문득 세상에 내던져져 나와 같은 세상을 살아가는 사람들을 찾는 일. 이것 또한 삶을 살아가는 큰 즐거움이지 않을까.

불안

다들 바쁜 걸음으로 걷는다.

버스를 탈 때나 횡단보도를 건널 때, 계단을 오를 때도. 나만 그 자리에 멈추어버리면 사람들은 다들 멀찍이 가버릴 것만 같아. 작은 방의 침대에 지친 몸을 뉘어 있어도 밖은 여전히 바쁠 것만 같아. 멈춰 있어도 될까. 나만 느린 게 아닐까. 어쩔 땐 알 수 없는 불안함에 다가오는 밤이 밉게 느껴지기도 할 거야.

하지만 다들 그렇더라. 모두 불안에 떨며 살고 있더라고. 나를 지나쳐가는 바쁜 사람들도, 또 저기 빛나 보이는 누군가도. 삶이 고단한 나를 돌아봐주지 않는다고 원망하지 않아도 돼. 실은 많은 사람이 무엇을 위해서 어디로 가는지도 모른 채, 세상에 쫓기며 살아가고 있거든. 그 와중에도 네 삶을 들춰내서 헤집어대는 사람은 오만하거나, 제 삶마저 돌보지 못하는 사람일 테지.

어쩌면 우리 모두 불안하고 불완전한 존재여서 이렇게 모여 사는 건 아닐까. 이제는 "잘하고 있어? 힘내."라는 말 대신, 내 곁에 함께해주는 사람들에게 "잘하고 있어. 힘들지?"라고 말해보는 건 어떨까. 등 떠밀고 걸음을 재촉하는 대신 나를 돌아볼 수 있는 한 마디를 건넬 수 있는 사람이 돼보는 건 어떨까.

생각보다
행동

너무 많이 생각하고 걱정하지 않기로 해요.
당장 성취가 보이지 않아 힘들 수도 있지만
불안과 걱정은 대부분
아직 닥치지도 않은 일에 대한 것입니다.

서 있는 동안 시간은 내 옆으로 지나가기만 하는데,
무수한 생각들을 가지고도 생각만 하고 있을 건가요.

내가 선택하고 써 내려가는 삶을 살아요.
당신 인생의 첫 단어는 귀해서도 아름다워서도 아니고
오직 당신의 것이어서 의미가 있는 거니까요.

여운보다
　　　떨림

여운보다 떨림에 살아야지.
지나온 시간은 길고 지금은 짧으니
다가올 떨림을 놓치지 않도록.

여전하다는
것

　종일 집을 비웠다가 돌아오면 작은 방은 내가 집을 나설 때 모습 그대로 나를 기다리고 있다. 바빴던 아침, 머리를 말리고 던져둔 수건과 조촐하게 끼니를 때운 흔적. 며칠 전 옷장 위에서 내려둔, 다음 계절의 옷가지가 불쑥불쑥 나와 있는 정리하다 만 옷상자 같은 것들.

　노을이 좋아 멈춰 서서 사진을 찍었던 곳이 생각나 일부러 그쪽으로 돌아서 걸었던 적이 있다. 마침 날씨가 나쁘지 않아 하늘 끄트머리에는 벌써부터 붉은빛이 옅게 돌고 있었다. 한 달 전의 그날처럼 건물 사이로 늘어지는 해를 보며 다시 오길 잘했다고 생각했다. 그 길에서의 노을은 오래 여전하겠지.

　나는 내가 머물렀던 곳을 다시 찾길 좋아한다. 그런다고 그곳에 눌러앉아 살겠다는 말이 아니다. 가끔 생각이 난다. 그곳에서 나와 지냈던 사람들을 만나고 내가 걸었던 길을 걷는 게 좋다.

누구는 졸업하고 또 누구는 취직하고, 자주 다니던 골목의 도로 포장이 달라지고 그나마 커피가 덜 썼던 카페는 번쩍거리는 술집이 되어버렸지만, 속으로 '이곳은 여전하구나.'라며 왠지 모를 안도감에 웃고는 한다.

나는 어쩌면 자꾸 변하기만 하는 것 속에서 여전한 모습을 찾으려는 걸지도 모른다. 그곳의 공기와 온도, 풍경, 길을 걸을 때의 냄새 같은 것들. 내가 그리워하는 것들이 여전하기를 바랐던 걸지도 모른다. 입 벌리면 새어 나오는 목소리의 색깔이나 손가락 옆면의 결, 눈꺼풀 사이로 보이는 갈색 눈동자의 크기 같은 것들.

다들 변하고 달라지지만, 또 그것들은 언제나 내가 떠났을 때 모습 그대로 여전하다. 나는 당신에게 어떤 모습으로 여전할까, 생각하면서 어질러진 옷가지들을 주워 담는다.

"너는 여전하네." 뜻이 무엇이건 그 말을 듣게 된다면 내 앞에 다시 당신이 서 있다는 말이겠지.

내가 그리워하는 것들이
여전하기를 바랐던 걸지도 모른다.

그걸로

됐다

앞으로 걷자면 귓등 언저리에 시선이 머물렀다.
걸음이 무거워 돌아보면 추억이 손을 흔들었다.

반가워 돌아 걷기에 나는 너무 느렸고
추억은 장면이어서 확신이 될 수는 없었다.

느리더라도 앞으로 걸었다.
그걸로 됐다.

돌아봤을 때 추억할 수 있다면,
그걸로 된 거다.

언젠가 내가 너무 멀리 와버려서
돌아봐도 추억할 수 없는 때가 온다면

그것도 그것대로,
그걸로 된 거다.

돌아봤을 때 추억할 수 있다면,
그걸로 된 거다.

다행

너에게 매 순간 벅찬
사람이기를 바라지 않는다.
다만 네 삶의 끝에 내가
다행으로 남을 수 있다면
그것만으로 내게는 참
벅찬 삶이었다 할 텐데.

줄기

    자주 걷던 길 골목에 피어 있던 꽃이 졌다. 걷던 걸음을 멈추고 얼마간 서서 꽃이 머물다 간 자리를 쳐다본다. 언제쯤 꽃이 졌을까. 줄기는 여전히 꽃송이라도 떠받치고 있는 양 꼿꼿하게 서 있는데.

    끝이 가벼워진 줄기가 슬퍼 보인다. 허탈해 보이기도 후련해 보이기도 한다. 그렇지만 꽃이 진다고 해서 줄기마저 시들지는 않는다. 꽃을 피우기 위해 사는 건지, 살아 있기에 꽃을 피우는 건지는 잘 모르겠다.

    꽃이 진 자리에 다음 꽃이 들어서려면 한참을 기다려야겠지만, 나는 가지마다 줄기마다 피어 있던 꽃의 이름을 안다. 짙은 채도로 달큰하게 계절을 알리던 꽃을 기억한다. 이 골목에서 보낼 한 해를 그 기억들로 나겠지. 곧게 뻗은 줄기 주변으로 작은 줄기들이 더 나고, 크고 작은 꽃 몇 송이쯤 더 피겠지.

　또 언젠가는 져버린 사랑이 슬프다며 내게 와 울던 줄기 하나가
있었다. 꽃을 피워낸 줄기는 꽃에 가려 잘 보이지도 않는다. 그간
온 양분을 꽃에게 쏟았겠지만, 지고 나서는 자신을 보살펴야 한
다. 사랑하기 위해서 사는 건지, 살아 있기에 사랑을 하는 건지는
모르겠지만, 꽃이 진다고 해서 줄기가 시들지는 않는다. 다시 몇
개의 계절을 겪고 나면 다음 꽃을 피워낸다.

　어여뻤던 당신의 여린 사랑을 알듯,
　그보다 더 만개할 당신의 다음 사랑을 안다.

사랑하는
사람

퇴근길 지하철을 타고 한강을 건너는 중이었다. 잔잔한 강의 표면과 거슬리지 않을 만큼의 불빛, 풍경을 따스하게 감싸는 짙은 밤의 색. 생각하기 좋은 환경이다 싶었는데, 지하철 방송으로 기관사의 목소리가 들려왔다. 역의 출발이나 도착을 알리는 것도 아닌 생소한 방송이었다. 마치 말을 건네는 듯 편안한 목소리였다.

앞에 흥건하게 취한 두 취객의 목소리에 방송을 온전하게 듣지는 못해 안타까웠지만, 아쉬운 대로 들리는 단어들을 주워 담아본다. 행복, 얼굴, 보고 싶은, 소중한…. 흔하다고 느껴질 만큼 온기가 담긴 말들.

다음역의 도착을 알리는 철제 구조물이 시야에 들어온다. 강변역에서 잠실나루역까지는 5분 남짓 짧지 않은 시간이 걸렸지만, 기계음과 섞여 들려오는 기관사의 목소리에 온 신경을 기울였던 터라 평소처럼 마음 놓고 강을 보고 있을 시간도 없었다. 술기운 섞인 말소리가 잦아들자 지하철 방송을 마무리하는 한마디가 들려왔다.

"어쩌면 우리에게 필요한 건, 지금 사랑하는 사람에게 달려가 사랑한다는 말 한마디를 하는 게 아닐까요?"

아쉬운 순간은 대개 빠르게 지나가고 느리게 기억된다.
다음 역을 지나고 있는데도 나는 아직 강 위에 머물러 있다.
사랑하는 사람, 사랑하는 사람.
생각나는 사람이 없다.

지하철 방송에서 나온 '사랑하는 사람'이란 꼭 연인을 말하는 건 아니었을 텐데. 지금 생각해보면 머릿속에 얼굴 몇 개가 지나간다. 어머니나 아버지, 동생, 사랑하는 동료와 친구들. 얼마든지 있었을 텐데 그 순간 내 머릿속에는 왜 누구도 떠오르지 않았던 걸까. 어쩌면 내가 생각했던 사랑의 첫 번째는 연인의 사랑이기 때문일지도 모른다. 그게 아니라면 또 뭐가 있을까. 나를 사랑하는 일 정도일까? 나를 사랑한다는 건 생소한 말이고 낯선 행동이지만, 뒤늦게나마 그런 노력도 해본다.

나는 나를 사랑하려고 한 적이 없었다. 그런 시도조차 해보지 않았다. 그러고 보니 혼자가 된 시간이 꽤 길어졌다. 예전에 나는 혼자가 된다는 사실을 못 견뎠고, 외로움이란 건 누군가가 달래주는 거라고 생각하며 오랜 시간 살아왔다. 내가 아닌 사람이 내 삶에 들어와 불어난 외로움을 덜어가는 거라고. 그런데 사랑 속에도 언제나 외로움은 있었다. 마음이 차다고 느낄 때도, 어딘가 채워지지 않고 비어 있다고 느낄 때도 있었다.

누군가를 사랑하게 되었을 때 나는 상대가 뭘 좋아하는지, 무엇을 필요로 하는지, 어떻게 하면 기분이 상하지 않을지, 어떻게 상대에게 힘이 되어줄지 고민한다.

　나를 사랑하는 일도 크게 다르지 않다. 좋아하는 취향의 음악을 찾아 재생 목록에 넣고, 가끔은 무리해서 비싸고 기름진 음식을 사 먹기도 하고, 생각이 많은 날엔 나가서 걷는다. 어떤 날은 나를 위해 애써 누군가의 비위를 맞추지도 않고, 애써 웃거나 구태여 울음을 참지도 않는다. 어떤 것을 했을 때 기분이 좋아지는지를 고민한다. 나는 언제 오롯이 나로 있을 수 있는지. 나를 사랑하기 위해 내게 귀를 기울일 때 비로소 내가 어떤 사람인지 보인다.

　중심이 잘 잡혀 있는 사람은 흔들려도 오뚝이처럼 다시 자리를 잡는다. 불투명하게 느껴지는 자존감도 결국은 나에게 귀를 기울이는 것에서부터 시작된다. 내가 나를 이해하고 사랑하려 할 때,

사는 게 아름다워지기 시작한다. 힘들어만 하며 살아가기에는 세상에 아름다운 것이 너무나도 많다.

언젠가 다시 '사랑하는 사람'이라는 말을 듣게 되었을 때, 부디 그 속에 내 얼굴도 함께 떠오를 수 있기를.

나를 사랑하기 위해 내게 귀를 기울일 때 비로소
내가 어떤 사람인지 보인다.

사람으로
행복하기를

사람은 왜 혼자서 살 수 없을까. 나는 그게 싫어.

아, 너 외로운가 보구나.

몸이 외로운 거니, 마음이 외로운 거니?

아니, 외롭다는 게 아니라 실제로 사람은 혼자서 살 수가 없잖아.
가령 글을 쓴다면 내 글을 소비하는 사람이 있어야 하는 것처럼.

혼자 살 수가 없어서 다른 사람이랑

어쩔 수 없이 관계를 맺고 사는 게 싫다고?

그런 마음일까? 아마 거기서 오는 감정 소모가 싫은 거 아닐까. 나는 매
일 그런 생각을 해. 그림을 그리고 글을 쓰는 건 정말 의존적인 일이라
서 남이 봐주지 않는다면 성립이 되질 않잖아. 거기서 오는 막연한 감정

소모 같아. 그런데 막상 열심히 생각해봤자 결국 원점인 것 같고.

맞아, 항상 원점이야. 울어도 쓸데없이 우는 것 같고.
혼자가 되고 싶지만 혼자이기는 싫어.

맞아, 나는 혼자이고 싶은데 혼자 되기는 싫은 애 같아.
난 아무것도 안 하지만 늘 누가 사랑해줬으면 좋겠고.

그냥 내 편협한 생각이지만 네가 너무 얕게
많은 사람들과 관계를 맺고 있어서 그런 게 아닐까.
근데 그게 뭐랄까, 같이 주고받고 한다기보다는
네가 늘 주는 입장처럼 느껴져서일 수도 있어.

그럴까. 나는 항상 관심이나 애정이 부족했던 사람이라서.

결핍이 없는 사람은 어떨지 궁금해.

그런 사람이 있기나 할까.

네 말도 맞는 것 같아. 그런데 내가 신경 쓰지 않으면 그 관계들이 다 떠나갈까 봐 무서운 거야.

그래서 네가 감정 소모가 심한 거야.
내가 신경 쓰는 걸 멈추면 그 관계들이 다 떠나갈까 봐.
모래성 가라앉듯이 우수수 다 사라질까 봐. 그러게. 어렵다.

아니야, 얘기해줘서 고마워.
한결 나아.

모처럼 진지한 이야기를 꺼냈는데 몸이 외로우냐라니. 문득 나는 평소에 너에게 어떤 친구였나 싶은 생각이 들면서도 네가 해준 이야기들이 참 고맙다. 이야기를 들어주는 걸 좋아하는 내가 글을 쓰게 된 후로 정말로 여러 사람들의 이야기를 듣게 됐지만, 가끔은 나도 뻔히 정답이 없는 걸 아는 이야기를 입 밖으로 내던져버리고 싶을 때가 있다. 고맙고 다행스럽게도 지금 내게는 그런 대나무 숲 같은 친구가 몇 명 있다.

유민이는 영국에서 지낸다. 그림을 그린다고 멀리까지도 갔다. 스코틀랜드의 글래스고 대학이었나 여하튼 꽤 좋은 학교에 다닌다는 소리도 들었다. 그녀는 접시나 포크, 촛대 같은 것을 사 모으고, 재즈와 낡은 노래들을 아낄 줄 안다. 게다가 꽤 가슴이 먹먹해지는 그림을 그린다. 결정적으로 그림이 그리고 싶어 건축학과까지 진학했던 나는 그녀를 졸라 그림을 배우고 있다. 매주 다른 주제와 재료로 숙제를 그려 제출하는데, 나는 그림 그리는 일이 글을 쓰는 것만큼이나 좋다.

　악착같이 나를 밖에 내놓고 싶다는 생각을 하면서 살았다. 그런 거다. 정리라곤 할 줄도 모르는 사람이 집 안에 있는 것들을 모두 내다 버리면 집이 좀 깨끗해질까, 하고 생각하듯이 말이다. 글쎄, 깨끗해지기야 하겠지. 남아 있는 것도 없겠지만.

　사실 글이든 그림이든 속에 있는 것을 꺼내놓아야 살 수 있는 사람은 그러지 않아도 살 수 있는 사람에 비해 훨씬 깨지기 쉬운 인간이 아닐까. 그게 아니라면 이미 깨진 것들을 붙들고 다시 붙여보자고 피를 철철 흘리는 인간이거나.

　그래도 그게 참 볼만한 일이어서 다행이고 행복하다. 책을 쓰고 계획도 없이 상경한 뒤로 어떻게 인연이 닿아 미술관에서 전시도 하고 볼품없는 삶 이야기도 몇 번 하러 다녔다. 그 덕에 신림동의 월세방에서 먹고살 만큼은 지낸다. 그거면 됐다. 아니다, 암만 생각해도 동료 작가들과 운영하는 성수의 카페가 멀다. 이사를 갈까, 그러려면 책이 좀 많이 팔려야 할 텐데.

슬픈 일은 세상에는 상영 중인 극이 너무나도 많다는 거다. 사람들은 하나의 영화가 언제 막을 내리고 사라지는지도 모른다. 걱정 말라고, 안심하라고 스스로에게 그런 글을 쓰기도 했지만 불행하게도 나는 아직 이런 종류의 불안을 다루는 법을 잘 알지 못한다.

그럼에도 불구하고 위안을 찾아보자면 이런 불안은 삶에 일종의 떨떠름한 원동력이 되기도 한다는 거다. 요즘엔 가게를 찾아주는 독자들에게 사인을 부탁받으면 자주 쓰는 문장이 있다.

'우리가 사람으로 행복하기를 바라요.'

사실 제발 떠나지 말아달라는 말이다.

나를
부르는 말

첫 책인 《달을 닮은 너에게》를 출간한 뒤로 한 권의 일러스트북과 네 권의 수필집을 공동저작으로 출간했다. 그러니까 온전한 나의 책은 이걸로 두 번째라는 말이다. 이 책과 달리 첫 책에는 내이름 앞에 두 글자가 더 붙어 있다. '오밤'. 따지자면 별칭 같은 것인데 우선은 필명이라고 해두자.

어떤 뜻을 가졌는지, 어떻게 그 이름을 쓰게 됐는지. 몇 년 동안 그 이름으로 글을 써오면서 이름에 관한 질문을 꽤 받았다. 나는 그때마다 괜히 장난스러운 마음이 발동해 맞춰보라고 하는데, 여러 추측을 들었지만 답의 근처에도 가지 못하거나 반쪽짜리인 대답이었다. 그러다 내가 답을 알려주면 어김없이 이해할 수 없다는 표정으로 "왜?"라는 반응이 돌아오곤 한다.

처음 그 이름을 필명으로 쓰고자 한 것은 고등학생 시절 내 별명이 '오바마(지금 당신이 생각하는 그 사람이 맞다)'였기 때문이었다. 지금 내 모습을 보면 여러분은 몇 초간 멍한 표정으로 의문을 갖겠지만 그땐 그랬다. 중학교를 졸업하고 나서 나는 다른 지역의 고등학교에 진학했다. 입시 성적이 꽤 좋은 사립 남고였는데, 부모님께는 좋은 학교에 가서 공부를 더 열심히 하고 싶다고 말했지만 사실은 내가 살던 곳에서 벗어나고 싶었다. 아무도 모르는 곳에서 새로 시작하고 싶은 마음이었을지도 모른다.

여하튼 그즈음부터 키가 훌쩍 크고 농구에 취미를 붙인 탓에 피부는 항상 검게 그을려 있었다. 학교 규정이 엄해 머리칼을 기르지도 못하는 김에, 좋아하지 않았던 곱슬머리를 2~3센티 정도의 길이로 짧게 밀고 다녔다. 하지만 사랑스러운 곱슬머리 유전자는 짧은 머리카락임에도 말려들어가 나를 마치 다른 인종처럼 보이게 했다. 거기에 갸름한 턱과 기다란 두상도 '오바마'라는 별명을 얻어내는 데 분명 한몫했을 테다. 지금 떠올려도 피식 웃으며 고개를 끄덕이게 되니 퍽 잘 지은 별명이 아닌가.

사실 '오밤'은 태어나서 내가 얻은 별명 중 처음으로 사랑하게 된 별명이다. 거울 앞에서 했던 연습이 썩 효과가 있었는지 새 학교에서는 나를 아껴주는 친구들을 만나게 됐고, 근처에 앉아 같이 밥을 먹고 함께 공을 던지며 수험 생활을 보냈다. 비웃음이 아닌 유쾌한 웃음으로 불러주던 '오바마'라는 이름 덕에 나는 그 시절에 추억이라는 스티커를 붙일 수 있게 됐다.

하지만 나는 이제 이 책을 마지막으로 내 어린 시절에 관한 이야기는 많이 다루고 싶지 않다. 아팠던 일들은 더더욱. 더 많이 사랑하고 더 많이 여행하며 살아가고 있는 지금에 대해 쓰고 싶다.

모든 사람은 태어나 이름을 가지고 살아간다. 나는 이름이 가진 힘을 믿는다. 어떤 이는 이름대로 정말 바다처럼 웃고, 어떤 이는 이름처럼 밝게 빛났다. 이름은 사람이 태어나서 평생 동안 가장 많이 말하고 듣고 되뇌는 단어이며, 태어나서 가지는 첫 번째 표지판이다. 나는 '바를 정(正)'에 '어질 현(賢)'자를 쓴다. 바르고 어진 사람으로 자라길 바라는 부모님의 뜻이리라. 지금의 나는 그런지 모르겠지만 다행히도 나는 그런 사람이 되고 싶다.

나의 책을 읽는 이들에게
내가 가진 이름으로 기억 되고 싶다.

한창의

봄

　비가 온다고 했는데 날이 맑습니다. 이럴 줄 알았으면 좀 더 일찍 나와서 거리를 걸을걸 그랬습니다. 봄이면 다른 계절보다 가로수에 눈길이 더 갑니다. 거리에 좀처럼 눈 둘 곳이 없는 겨울의 다음이라 그런 걸지도 모르겠습니다. 꽃이 만개한 벚나무가 줄지은 거리를 만나기라도 하면 그날은 다른 날보다 더 진한 봄이 됩니다.

　한창의 봄은 벚꽃이 다 지고 나서 시작된다는 걸 사람들은 알까요. 벚꽃이 지기 시작하면 시선이 조금 어지러워집니다. 갈색 꽃받침이 어른거리는 벚나무를 보다 입술을 삐죽이며 시선을 돌립니다. 작은 바람에 떠다니는 꽃잎들 사이로 걷다 보면 꽃비에 젖기도 합니다. 그 덕에 다시 고개를 들어 이번에는 다른 가로수도 봅니다.

은행나무는 가을만 사는 줄 알았더니 봄이 오니 어린 초록잎이 잔뜩 피었습니다. 노랗고 파삭한 은행잎 대신 봄을 머금은 연두색 잎들이 돋아나 있습니다. 거리의 여기저기에서 봄이 기지개를 켜는 소리가 잔잔히 들립니다. 한창의 봄에는 낙엽수마저 봄을 피워냅니다. 오늘은 온통 봄입니다.

무심코
행복하기를

골목을 걷다가 벽의 갈라진 틈새에 꽂힌 마른 풀꽃을 보고 하루 종일 즐거웠던 적이 있다. 누군가 꽂아둔 풀꽃 송이 몇 가닥에 몇 개의 골목이 아름다워졌을까. 며칠의 하루가 행복해졌을까. 의도를 묻지 못하니 꽃에게라도 고마워한다. 별 뜻 없이 한 작은 행동이 여러 사람을 행복하게 할 수도 있겠구나.

산책길에 꽃을 닮은 마음씨를 만나듯, 나의 글과 생각도 지나가는 누군가의 삶을 무심코 행복하게 만들기를. 잠깐이라도 미소가 번지게 하기를.

너는,
나는

너는 아직 삶에 노련하지 못해
몇 번은 길을 잃고 헤맬 수 있다.

외로움을 다루는 법을 몰라서
날마다 홀로 무너질 수도 있다.

또 눈가에는 눈물이 많아서
찍고 간 마침표에 오래 서 있을 수도 있다.

하지만 구태여 숨기려 하지는 마라.
네가 살아가는 방식을 사랑해도 된다.

모자랄 것 없는 너는 그런 사람인 것뿐이다.
너를 부끄러워하지 마라.

이야기를 마치며

첫 책을 세상에 내놓고 거의 2년 만의 책이네요.
읽으셨겠지만 그간 여러 일들이 있었어요. 잘 지내셨나요.

나는 그냥, 지냈어요. 원고를 작업하면서 쓰는 것보다 쓰기로
작정하는 데 시간이 드는 글들 탓에 이렇게나 늦어졌네요. 많은
사람에게 읽히는 것도 좋지만, 사실 이 책은 내 곁에 사는 사람들
이 꼭 읽어줬으면 해요. 그리고 꼭 읽혀주고 싶은 시절의 사람들
이 있기도 하고요. 손이 아닌 것으로 꺼내놓는 일은 나에게 여전
히 어려운 일이거든요. 나는 이런 사람이라고, 이렇게 살아왔다고,
이렇게 됐다고. 책을 즐겨 읽지 않는 그 친구들이 이 책을 읽게 될
만큼만 유명해졌으면 해요. 욕심도 많지요.

그래도 책 참 예쁘잖아요. 우리 편집자님이 게으른 나를 붙들
고 몇 날 며칠 원고를 봐주셨고요. 예쁜 그림으로 책에 참여해주

신 살구 작가님도 있고요. 그 글과 그림으로 이렇게 묶어주신 디자인 실장님도 있어요. 제가 알지 못하는 모든 출판사 식구분들도요. 모두에게 감사를 전해요. 아, 밤새 엄살 부리며 낑낑대던 나도 있네요. 나에게도 고마워요. 이렇게 열심이었던 사람이 많으니 그 친구들도 이 책을 읽을 수 있지 않을까 해요.

모른 척 책상 위에 올려둔 오랜 일기장 같은 책이에요. 첫 책을 내면서 어여쁜 문장들 뒤에 나를 내놓아도 괜찮을까 걱정했던 걸 생각하면 부단히도 노력했네요. 처음 글이란 걸 쓰기 시작했을 때부터 쓰고 싶었던 이야기를 써내기도 했고, 키보드 위에 손을 얹어놓고 종일 웃어보기도 울어보기도 했어요. 어떻게 읽으셨는지 묻지는 않으려고요. 다만 말했듯 이렇게 살아가는 사람도 있구나, 생각해주세요. 그거 하나면 눈물이 날 만큼 벅찰 것 같습니다. 여전히 읽힐 수 있어 다행이라고 생각합니다. 고맙습니다.

부디 우리가 다시
함부로 설렐 수 있기를 바라며.

함부로 설레는 마음

2018년 7월 2일 초판 1쇄 발행
2018년 7월 5일 초판 8쇄 발행

지은이 이정현

펴낸이 김상현, 최세현　　　　　**책임편집** 김새미나, 이기웅, 정선영
마케팅 김명래, 권금숙, 심규완, 양봉호,　　**경영지원** 김현우, 강신우
　　　　임지윤, 최의범, 조히라　　　　**해외기획** 우정민

펴낸곳 시드앤피드　　　　　　　　**출판신고** 2006년 9월 25일 제406-2006-000210호
주소 경기도 파주시 회동길 174 파주출판도시　**전화** 031-960-4800
팩스 031-960-4806　　　　　　　　**이메일** bakha@bakha.kr

ⓒ 이정현 (저작권자와 맺은 특약에 따라 검인을 생략합니다)
시드앤피드는 (주)쌤앤파커스의 브랜드입니다.

ISBN 978-89-6570-667-0 (03810)